KB075994

상위권 학생들이 말해주는 의사국가고시의 모든 것

기적의 의대생 암기법

김윤휘 신지원 신지혜 오서희 지음

목차

01 특별한 스터디를 만들다.

의과대학 본과 4학년 초, 우연히 '공부의 신' 유튜브 채널의 공부법 영상을 보게 되었습니다. '하루 종일 공부했다고 하더라도 백지를 펼쳐놓고 공부한 내용을 직접 쓸 수 없다면 아무것도 공부하지 않은 것이다.'라는 내용이 매우 인상적이었습니다. 이 방법을 의사 국가고시 공부에 적용해보고싶었습니다. 며칠간 저녁마다 하루 동안 공부한 내용을 빈 A4 용지에 펼쳐놓고 적어보았습니다. 확실히 그 날 배운 내용이 정리되면서 기억에 더 오래 남았습니다. 그런데 막상 혼자 하려고 하니 일주일 이상 지속하기 힘들었습니다. 그래서 마음이 맞는 동기들과 함께 스터디를 해보기로 했습니다.

저희 스터디의 핵심은 필기본을 함께 만든 후, 백지에 그 내용을 쓰면서 외우고, 서로 외운 부분을 체크해주는 것이었습니다. 잘 외워지지 않는 내용이 있으면 함께 암기법을 만들어 그날그날 확실히 내용을 외우고 넘어갔습니다. 이 스터디를 통해서 학습 효율이 매우 올라가는 신기한 경험을 하였습니다. 일명 '깜지쓰기' 공부법은 암기에 굉장히 효과적인 방법이었고, 공부의 핵심이 사실상 '방대한 양의 암기'인 의사 국가고시 공부에 부합하는 공부 방법이라는 것을 깨닫게 되었습니다. 직접 만든 필기본으로 암기하니 책을 읽는 것보다 훨씬 더 기억에 잘 남았습니다. 그리고 4명의 스터디원이 함께 공부하니 혼자 공부하는 것보다 훨씬 더 즐겁게 공부할 수 있었고, 서로 진도를 맞추어 계획에 뒤쳐지지 않고 나아갈 수 있었습니다. 미리 만든 암기법은 시험 직전에 많은 내용을 한꺼번에 복습할 때 큰 도움이 되었습니다. 스터디를 국가고시 직전까지 매일 진행하였고, 결과적으로 네 명 모두 국가고시에서 모의고사보다 훨씬 높은 점수를 받을 수 있었습니다.

국가고시가 끝나고 몇몇 후배들이 저희에게 시험을 어떻게 준비했는지 물어보았습니다. 되돌아보니 이 스터디를 미리 시작했더라면 참 좋았겠다는 생각했습니다. 저희는 정말 안 외워지는 내용들을 어떻게 하면 기억할 수 있을까 깊이 고민했습니다. 또 스터디 계획을 세우는 데에도 많은 에너지를 소비하였습니다. 저희의 시행착오로 완성한 공부법과 암기법을 의사 국가고시를 막 준비하는 사람들이 그대로 적용하여 더 많은 공부 시간을 확보했으면 하는 바람으로 이 책을 쓰게 되었습니다.

이 책에는 스터디 방법, 공부 계획 세우는 법, 암기법 만드는 방법이 나옵니다. 의사 국가고시 뿐만 아니라 다른 시험을 준비하시는 분들도 적용할 수 있도록 방법을 최대한 자세하게 서술하였습니다. 또한, 저희가 직접 만든 암기법들을 '암기법 노트'라는 파트에 정리했습니다. 공부하다가 잘 외워지지 않는 개념이 나오면 이 책을 한 번씩 펴서 찾아보아도 되고, 미리 단권화 노트에 정리해 두어도 도움이 될 것입니다.

구체적인 내용에 들어가기에 앞서, 이 글은 저희의 스터디 방법을 무조건 따라하라는 의도로 쓴 것이 아님을 밝힙니다. 사람마다 선호하는 공부법이 다르기에 저희의 공부 방법을 따라해보셔도 좋고, 변형시켜 적용해보아도 좋을 것 같습니다.

02 국시 스터디

1. 스터디 계획 세우기

2021년 기준, 국가고시 실기 일정은 9월 1일 - 11월 2일에 걸쳐 랜덤으로 배정되었습니다. 스터디원들의 실기 날짜가 각각 달라서 다 같이 필기 스터디를 시작할 수가 없었습니다. 어쩔 수 없이 실기 시험이 일찍 끝난 팀원 두 명이 10월 초부터 미리 스터디를 시작하였습니다. 본격적인 스터디는 모든 팀원의 실기 시험이 끝난 11월 첫째 주부터 시작할 수 있었습니다. 스터디 시작 전, 팀원들은 각자의 방법으로 국가고시 이론서인 '퍼시픽'을 1번 읽은 상태, 하지만 실기 준비로 인한 뇌의 과부하로 머리에 남은 것은 별로 없는 상태였습니다.

필기 시험은 2022년 1월 6일-7일, 이틀에 걸쳐 진행되었습니다. 즉, 실기 시험 후 본격적으로 필기 시험을 대비할 수 있는 시간은 두 달 남짓이었습니다. 따라서 저희는 10월부터 11월까지는 필기본 만들기 & 외우기 & 기출문제 풀기를 하며 전과목을 빠르게 공부하기로 계획하였고, 12월부터 시험 2주 전까지는 하루에 한 과목씩 외우면서 기출 문제를 한 번 더 풀었습니다. 시험 2주 전부터는 직접 만든 필기본을 반복해서 읽었고, 동시에 기출문제를 연도별로 풀면서 실전 대비를 하였습니다. 특히 평소에 풀어보지 않았던 3년 전 모의고사 (임상의학종합평가, 이하 임종평) 문제를 시험 직전에 풀면서 새로운 문제에 대비하는 능력을 키우는 것이 중요했습니다.

공부 계획을 짤 때는 다음의 과정을 거칩니다.

1) 데드라인 정하기

2) 남은 시간 파악하기

3) 공부 총량 파악하기 & 과목별 소요 날짜 계산하기

4) 주간, 일간 계획 세우기

각각의 과정을 자세하게 설명해보겠습니다. 10월 초부터 11월 말까지 진행된 저희의 첫 번째 공부 사이클을 예시로 들어보겠습니다.

1) 데드라인 정하기

11월 마지막 주에 있는 2차 임종평 시험 전까지, 전 과목 필기본을 만들고 외우면서 국시 5개년 & 임종평 2개년 (흔히 말하는 5+2 문제집) 풀기를 계획하였습니다.

2) 남은 시간 파악하기

임종평까지 7주, 즉 50일 가량이 남아있었습니다. 그 중 쉬는 날 7일을 빼면 43일 정도 공부할 수 있겠다는 결론이 나왔습니다.

3) 공부 총량 파악하기 & 과목별 소요 날짜 계산하기

풀어야 하는 문제집에서 각 과목별 문제 수를 파악한 후, 총 문제 수를 더합니다. 그리고 2)에서 계산한 날짜를 나눠 하루에 공부해야 하는 문제수를 파악합니다. 저희가 직접 만들었던 표를 이용해 설명해 보겠습니다.

과목	문제 수	소요 날짜
순환기내과	214	3
호흡기내과	269	3
소화기내과	351	4
신장	125	2
내분비	166	2
류마티스내과	54	1
알레르기	48	1
감염	109	1
혈액	75	1
종양	5	0.2
외과 총론	93	1
외과 각론	170	2
산과	167	2

부인과	214	3
소아과 총론	92	1
소아과 각론	254	3
정신과	246	3
마이너	197	2
예방의학	213	3
의료법규	178	2
합계	3240	40

문제 수를 모두 더하니 '3240문제'였습니다. 아까 2)에서 계산한 날짜인 '43일'로 나눠보겠습니다.

3240 / 43 = 75.3

즉, 하루에 70~80문제 정도 풀어야 계획 내에 모두 풀 수 있겠다는 결론이 나옵니다. 그럼 각 과목의 문제수를 70~80으로 나오면 각 과목을 공부하는 데 걸리는 소요 날짜를 계산할 수 있습니다.

이 때, 필기본을 만들면서 공부할 것이기 때문에 문제수 뿐 만 아니라 정리해야 하는 개념의 양도 함께 파악해서 날짜를 배정합니다. 예를 들어, 류마티스내과나 알레르기처럼 문제 수는 많지 않지만 정리해야 하는 내용이 많은 경우에는 문제수가 70문제를 넘지 않아도 하루를 배정했습니다.

저희는 이 계산법으로 한 과목을 1~4일 내로 끝내겠다는 목표를 세웠고, 40일 동안 끝내기로 하였습니다.

4) 주간, 일간 계획 세우기

위에서 짠 날짜 수를 토대로 주간 계획을 세웁니다. 참고로, 주간 계획표는 구글 스프레드시트를 통해서 만들고 공유하면 팀원들이 함께 보면서 수정하기 편합니다. 저희가 실제로 세웠던 주간 계획을 아래 표에 재구성해봤습니다.

<table>
<tr><th>날짜</th><th>월</th><th>화</th><th>수</th><th>목</th><th>금</th><th>토</th><th>일</th></tr>
<tr><td>10/4
~10/10</td><td>내분비1</td><td>내분비2</td><td>호흡기1</td><td>호흡기2</td><td>호흡기3</td><td>알레르기</td><td>휴식</td></tr>
<tr><td>10/11
~10/17</td><td>순환기1</td><td>순환기2</td><td>순환기3</td><td>소화기1</td><td>소화기2</td><td>소화기3</td><td>소화기4</td></tr>
<tr><td rowspan="2">10/18
~10/24</td><td>외과총론</td><td>외과각론1</td><td>외과각론2</td><td></td><td>부인과1</td><td rowspan="2">휴식</td><td>부인과2</td></tr>
<tr><td>내분비1</td><td>내분비2</td><td></td><td>호흡기1,2</td><td>호흡기3</td><td>알레르기</td></tr>
<tr><td rowspan="2">10/25
~10/31</td><td>부인과3</td><td>산과1</td><td>산과2</td><td>소아과
총론</td><td>소아과
각론1</td><td>소아과
각론2</td><td rowspan="2">휴식</td></tr>
<tr><td>순환기1</td><td>순환기2</td><td>순환기3</td><td>소화기1</td><td>소화기2</td><td>소화기3</td></tr>
<tr><td rowspan="2">11/1
~11/7
졸업평가
(목,금)</td><td>정신과1</td><td>정신과2</td><td>예방1,
법규1</td><td colspan="2">졸업평가</td><td rowspan="2">휴식</td><td rowspan="2">휴식</td></tr>
<tr><td>외과총론</td><td></td><td></td><td>외과
각론1</td><td>외과
각론2</td></tr>
<tr><td>11/8
~11/14
임상총정리
수업</td><td>신장1</td><td>신장2</td><td>소아과
각론3</td><td>류마</td><td>감염1</td><td>휴식</td><td>감염2</td></tr>
<tr><td rowspan="2">11/15
~11/21
응용해부술기</td><td>혈종</td><td>마이너1</td><td>마이너2</td><td>예방2</td><td>법규2</td><td></td><td></td></tr>
<tr><td>산과1</td><td></td><td></td><td>산과2</td><td>부인과</td><td>소아과
총론</td><td>소아과
각론</td></tr>
<tr><td rowspan="2">11/22
~11/28
2차 임종평
시험 (목,금)</td><td></td><td></td><td></td><td colspan="2" rowspan="2">2차 임종평</td><td></td><td></td></tr>
<tr><td>신장, 각론
2</td><td>류마, 감염</td><td>정신과</td><td></td><td></td></tr>
</table>

일단 맨 왼쪽 열, 주간 캘린더의 날짜 밑에는 해당 주에 있는 굵직한 스케줄들을 적습니다. (초록색 글씨). 주간 계획을 짤 때는 계획을 무리해서 짜지 않는 것이 핵심이므

로, 해당 주에 실제로 공부할 시간을 얼마나 확보할 수 있을지 알아야 하기 때문입니다. 저희 학교의 경우에는 11월에 졸업평가 시험, 임상총정리 수업, 응용해부술기 수업 등의 스케줄이 있었기 때문에, 해당 주에는 스케줄을 고려하여 공부량을 덜 배분하였습니다.

그 다음에는 휴식 날짜를 회색으로 표시합니다. 매주 토요일이나 일요일 중 하루는 진도를 따로 배분하지 않았고 각자 밀린 복습을 하고 문제를 푸는 날로 정하였습니다.

이제 남은 것은 간단합니다. 각 날짜에 해당하는 칸에 3)에서 계산한 것을 토대로 공부해야 하는 공부 과목을 채워 넣으면 됩니다. 예시로, 내분비는 2일 끝내기를 목표로 정했으니 내분비1, 내분비2 순으로 계획표에 적습니다.

스터디 진행 3주차부터는 복습도 같이 진행하였습니다. (빨간색 글씨) 복습은 처음 스터디를 진행할 때 잘 외우지 못했던 부분들을 30분 가량 서로 물어봐주는 방법으로 진행하였습니다.

다음은 일간 계획을 세웁니다. 저희가 진행했었던 방법을 알려드리겠습니다.

- 오전 9시~오후 2시: 필기본 만들면서 외우기

- 오후 2시~오후 4시: 스터디

- 오후 4시~6시, 오후 7시~10시: 기출 문제 풀기

굉장히 타이트한 일정이었고, 해당 날에 기출 문제를 다 풀지 못하고 넘어가는 날도 있었습니다. 하지만 일단 짜 놓은 스케줄을 밀리지 않고 강행하였습니다. 남은 문제는 쉬는 날인 일요일에 풀거나, 2회독 때 푸는 방법으로 진행했습니다.

아래에는 계획을 직접 짜볼 수 있도록 템플릿을 만들었습니다. 위의 방법을 적용해서 본인만의 계획을 만들어보세요!

1) 데드라인 정하기

______________________________________까지,

____풀기를 계획합니다.

2) 남은 시간 파악하기

__________주(일)가 남아있습니다.

3) 공부 총량 파악하기 & 과목별 소요 날짜 계산하기

과목	문제 수	소요 날짜
합계		

(1) 문제수 합계: _____문제

(2) 남은 시간: ______일

(3) 하루에 풀어야 하는 문제수: (1) / (2) = _____문제

4) 주간, 일간 계획 세우기

[주간 계획]

날짜	월	화	수	목	금	토	일

[일간 계획]

- 오전 __시~오후 __시: 필기본 만들면서 외우기
- 오후 __시~오후 __시: 스터디
- 오후 __시~__시: 기출 문제 풀기

2. 스터디방법

이번 장에서는 매일 필기본을 어떻게 작성했고 스터디를 어떻게 진행했는지 자세히 설명해 보겠습니다. 저희가 했던 스터디의 핵심 키워드는 두 개입니다: '필기본' 그리고 '깜지쓰기'.

1) 필기본

필기본은 여러 명이 동시에 편집이 가능한 구글 닥스를 이용해 만들었습니다. 하루에 만들어야 하는 필기본의 양은 시중에 나와 있는 단권화 책인 유니온북스의 '하이패스'의 쪽수를 기본으로 정하였습니다. 예를 들어, '하이패스'의 내분비내과 파트의 페이지 수는 총 40페이지입니다. 내분비내과는 이틀 동안 진행하기로 정했으니, 하루에 20페이지에 해당하는 내용의 필기본을 만들면 됩니다. 저희는 혼자서 만들면 너무 오래 걸리기 때문에, 하루에 만들어야 하는 내용을 두 명이서 나누어 동시에 만드는 방법으로 필기본을 제작하였습니다. 이렇게 하니 오전에 필기본을 만들고 외울 시간까지 확보할 수 있었습니다.

필기본은 표 형식으로 만들었는데, 맨 왼쪽에는 질환명, 오른쪽에는 치료, 가운데에는 진단법과 기타 외워야될 내용을 적었습니다. 필기본에는 무조건 외워야 하는 내용을 넣는 것이 포인트였습니다. 따라서 내용은 역시 단권화 문제집 (유니온북스의 '하이패스')의 내용을 토대로 중요한 것 위주로 채워 넣었습니다. 특히 '하이패스'에는 시험에 출제되었던 내용이 표시되어 있어 중요한 내용이 무엇인지 파악하기 유용합니다. 필기본을 만들거나 스터디를 할 때 떠오르는 암기법이 있을 때는 필기본에 초록색 글씨로 개념 밑에 메모해 두었습니다. 스터디가 끝나고 문제를 풀 때, 문제를 통해서 추가로 얻게 되는 개념들과 외워야 하는 것들도 필기본에 추가하였습니다.

저희가 만든 필기본 예시입니다. 필기본을 표로 만들어서 외우니 줄글을 읽는 것보다 한눈에 잘 들어왔고, 복습할 때에도 질환명만 보면서 머릿속으로 검사, 치료가 무엇이었는지 되뇌어보기 수월했습니다.

질환명	진단법 & 기타	치료
심낭압전 = 심장눌림증 (cardiac tamponade)	Beck's triad : 저혈압 (90/정도; 의식 소실, 식은땀, 손발 차가움), 심음 감소, 경정맥압 증가 (*혈압만 정상: pericardial effusion) -원인: 외상, 종양, 이전 심막염, 급성심근경색, 관상동맥중재술 후 coronary perforation, pericardial effusion -Kussmaul's sign (-) -기이맥박 = paradoxical pulse (+): 들숨 날숨 SBP 10mmHg 이상 차이 -진단 ECG: 교대맥 (QRS가 커졌다 작아졌다), low ECG voltage 심초음파 (pericardial effusion으로 collapsed된 RA,RV) CXR: water bottle appearance	응급 심장막 천자

필기본을 모두 완성한 후에는 스프링 제본을 하여 책으로 만들었습니다.

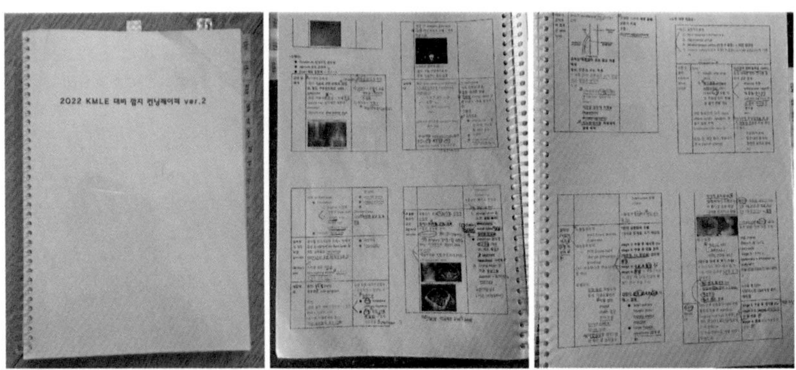

필기본을 매일 읽으며 반복하니 나중에는 모든 내용이 외워지는 신기한 경험을 하였습니다. 국시 날에도 필기본 하나만 들고 갔는데, 단권화 문제집들에 비해 훨씬 부피도 작고 가벼워서 편리했던 기억이 있습니다. 또 시험 날 쉬는 시간에 펼쳐보며 빠르게 읽어갈 수 있어 좋았습니다. 또, 필기본을 직접 만드니 지식의 통합을 할 수 있었습니다. 공부를 하다 보면 같은 질환이 서로 다른 과목에서 나와서 내용이 겹치기도 합니다. 예시로, 내과 소화기 파트에 나오는 질환이 외과각론의 소화기 파트에 또 나오기도 합니다. 저희는 하나의 질환에 대한 여러 과목의 내용들을 하나로 합쳐서 정리하였습니다. 이렇게 하니 해당 질환에 관한 문제를 풀 때 내과와 외과 개념이 동시에 기억나서 효과적이었습니다. 시중에 단권화 문제집들이 많이 있긴 하나, 내 것으로 만들어 정리하는 것이 더 효과적인 이유입니다.

의대생은 PBL (problem based learning), 즉 기출문제를 통한 학습을 하는 데 익숙해져 있습니다. 기출문제를 외우면서 중요 내용부터 암기하는 방식입니다. 이 공부법은 적은 시간에 많은 내용을 학습할 수 있기 때문에 벼락치기 용으로는 좋은 학습법이지만, 국가고시와 같이 범위가 방대한 시험을 학습하기에는 한계가 있다고 느꼈습니다. 필기본을 만들면서 공부를 하니 완전한 이해를 바탕으로 외울 수 있었고, 기억에 훨씬 더 오래 남았습니다.

2) 깜지쓰기

스터디는 2시간 가량 진행하였고, 순서는 다음과 같았습니다.

- 깜지쓰기 (45분)

- 필기본 보면서 스스로 채점 & 빈칸 채워 넣기 (15분)

- 서로 모르는 내용 물어봐 주기 & 암기법 만들기 (1시간)

깜지쓰기는 저희가 만든 필기본에서 질환명만 빼고 모두 지운 '깜지표'를 만들어서 그 표를 채우는 과정입니다. 저희가 만든 깜지표 예시는 다음과 같습니다.

질환명	진단법 & 기타 외워야 할 내용	치료
여성형 유방		
젖낭종		
비수유기 유방염		
유방고름집		

실제로 스터디에서 진행했던 깜지 사진입니다.

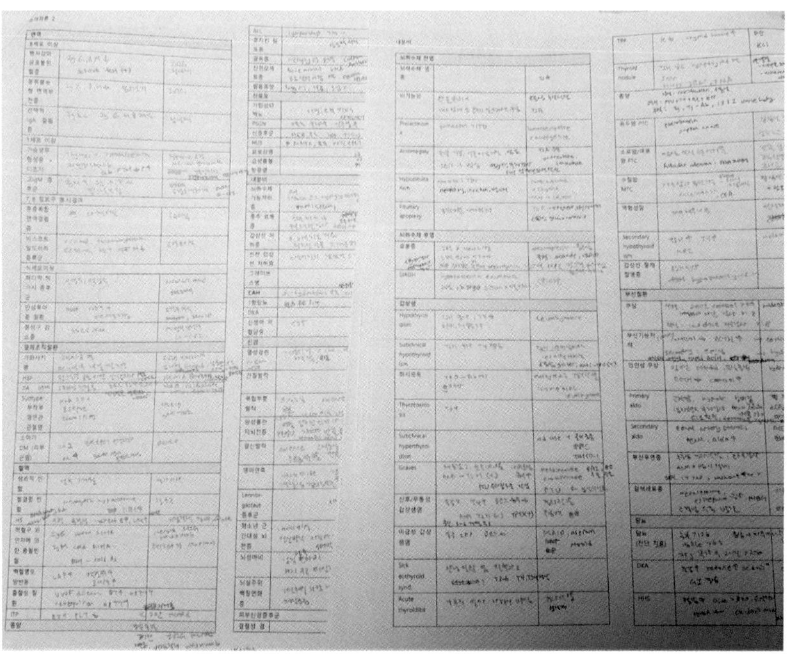

처음에는 열심히 외운 후에도 막상 백지에 내용을 쓰려고 하니 잘 기억이 나지 않았습니다. 하지만 이 과정을 통해 내가 아는 것이 무엇이고 모르는 것이 무엇인지 정확하게 파악할 수 있었고, 계속 반복학습을 하니 나중에는 질환만 봐도 관련 내용이 줄줄 떠오를 정도로 외울 수 있었습니다. 또 질환의 특징을 정확히 외우고 있으니 문제를 풀 때 질환명을 파악하기 수월했습니다.

3. 스터디원 구성

저희 스터디원은 4명으로 구성되었는데, 가장 최적화된 인원수라고 생각되었습니다. 필기본을 ¼ 씩 담당하였기 때문에 필기본 쓰기에 대한 부담감이 줄었습니다. 2회독, 3회독을 할 때부터는 네 명이 같이 스터디를 하지 않고 두 명이 팀을 이루어 서로 물어봐주기로 하였는데, 랜덤으로 팀을 짜서 매일 서로 다른 사람과 스터디를 하였습니다. 인원수가 많으니 서로 다른 포인트를 물어봐 주는 점이 좋았습니다.

이 글을 읽으시는 분들은 대부분 MBTI에 대해 아실 것으로 생각합니다. 간단히 설명하자면, 계획을 중요시하고 체계적으로 세우는 편이면 J (계획형), 계획을 짜기보다는 상황에 맞춰 행동하면 P (행동형)입니다. 저희 4명의 MBTI는 J와 P가 2명씩이었는데, 조화가 아주 좋았습니다. 2명의 J는 계획을 전담하여 계속해서 수정하면서 진도가 뒤처지지 않도록 하였습니다. 2명의 P는 계획이 현실적인지 검토하고 매일 공부가 계획대로 흘러갈 수 있도록 채찍질하는 역할을 담당했습니다. 이렇게 하니 계획형 친구들은 계획 따로 공부 따로가 되어 다시 계획을 짜야 하는 악순환의 반복에서 벗어날 수 있었고, 행동형 친구들은 계획 없이 공부할 때에 비해 마음의 안정감을 갖고 공부할 수 있었습니다.

따라서 여러분들도 스터디원을 구할 때는 2명의 J와 2명의 P, 총 4명으로 구성해보면 어떨까요? 계획을 잘 짜는 친구, 암기법을 잘 만드는 친구, 공부 자극을 받을 수 있는 성실한 친구, 그리고 스터디를 효율적으로 짧고 굵게 끝내줄 수 있는 친구가 한 명씩 있으면 금상첨화입니다.

03 똑똑한 암기법 만들기

정해진 시간 내에 방대한 내용을 머릿속에 모두 집어넣기 위해서는 '똑똑한 암기법'이 필수입니다. 저희는 4년간 의대 공부를 하면서 오랜 시간 개념을 붙잡고 원리를 이해하려 노력하는 것보다, 나열된 지식을 빠르게 암기하고 넘어가는 것이 훨씬 더 효율적임을 깨달았습니다. 꼼꼼히 책을 본 직후에는 내용이 선명하게 기억나지만 정확히 암기하지 않고 다음 과목으로 넘어가면 금방 잊어버리고 맙니다. 결과적으로 시험 때 머리 속의 지식을 효과적으로 꺼낼 수 없는 것이죠. 특히 방대한 양을 공부해야 하는 의사 국가고시 준비에 필수적인 것은 '똑똑한 암기법'입니다.

똑똑한 암기법은 다음과 같은 특징을 갖습니다.

1) 암기법에 질환명이 포함되어 있다.

좋은 암기법에는 질환명이 포함되어야 합니다. 나중에 암기법을 많이 만들어 놓았을 때, 각각의 암기법이 어떤 질환에 대한 내용인지 알아야 하기 때문입니다. 질환명 없이 1순위-2순위-3순위 치료약제만을 나열하는 암기법은 추후에 어떤 질환에 해당하는 내용인지 알 수가 없어 무의미해집니다. 암기법의 좋은 예와 나쁜 예를 들어 설명해보겠습니다.

좋은 예) “감염 심내막염”의 치료에 대한 암기법입니다. 질환명을 확실히 떠올리기 위해 암기법 서두에 감염 심내막염을 연상할 수 있는 단어인 “쉰내나는”을 포함하였습니다.

<table>
<tr>
<td>감염 심내막염 치료
● 경험적 항생제 : Vancomycin + Gentamicin
● 수술 (판막교체술) 적응증
  ● 색전 위험 높음 (vegetation >10mm or embolic episode 1번 이상)
  ● 심부전: 심한 판막 역류 (AR,MR), 폐부종, 심인성 쇼크
  ● 인공 판막: 부분적으로 터지거나, 심장내 합병증 동반한 S.aureus 감염 심내막염</td>
<td>쉰내나는 반포 젠틀맨의 색시는 판사

쉰내(심내막염)나는 반포 (vancomycin) 젠틀맨 (gentamicin) 의 색시ㅁ는 판사 (색전, 심부전, 심한 판막역류면 수술 적응증)</td>
</tr>
</table>

나쁜 예) 급성췌장염의 대증치료를 나열한 암기법입니다. 암기법에 급성췌장염에 해당하는 단어가 포함되어 있지 않아 어떤 질환에 대한 치료법인지 알기 어렵습니다. 이 경우 앞에 "급체(급성췌장염)하는" 을 더해주면 더 완전한 암기법이 될 수 있습니다.

<table>
<tr>
<td>급성췌장염 대증치료: 금식, 수액, 진통제, 비위관, 항생제
● 수액: 가장 중요
● 마약성 진통제 (meperidine (Demerol), hydromorphone, tramadol // morphine 금기)
● 예방적 항생제 (감염성 췌장 괴사): carbapenem (imipenem)
● 금식 (NPO) -> 조기 식이 진행
● 비위관: 심한 N/V, paralytic ileus</td>
<td>수진이는 항상 금으로 비위를 맞춰줘야 함

수진이는 (수액, 진통제)
항상 (항생제)
금으로 (금식)
비위를 (비위관)
맞춰줘야 함</td>
</tr>
</table>

2) 엉뚱하지만 머리에 확실히 각인된다.

암기법을 만들다보면 왠지 억지스러워질 때가 많습니다. 관련 없는 내용을 하나로 묶는데 간결하고 자연스러운 문장이 되길 바라는 것은 욕심입니다. 이런 경우 무리하게 암기법을 만들려고 오랜 시간 고민하기보다는 내가 만든 이상하고 어이없는 암기법을 밀고 나가는 것이 오히려 더 효과적일 수 있습니다. 스터디원들과 공유하면서 빵 터지게 웃다보면 내 머릿속에 확실히 각인된 것을 느끼실 수 있을 겁니다.

예) 톡소플라즈마 치료는 피리메타민과 설파디아진이며, 류코보린을 추가할 수 있습니다. 앞글자를 따서 '톡 쏘는 피라미 설레'로 외웠습니다. 톡 쏘는 피라미를 보고 왜 설레는지는 모르겠지만, 확실히 효과는 있었습니다!

톡소플라즈마증 ● 면역 저하시 치료제: pyrimethamine+ sulfadiazine (+leucovorin)	**톡쏘는 피라미 설레** 톡쏘는 (톡소플라즈마) 피라미 (pyri) 설레 (sul-, leu-)

3) 암기법끼리 통일되어 있다.

만들어 놓은 암기법이 점점 쌓이면, 비슷한 암기법끼리 충돌합니다. 주로 앞 글자나 음절을 따서 암기법을 만들기 때문에, 암기법만 놓고 보았을 때 비슷한 이름의 약물 중 어떤 것을 지칭하는지 헷갈리는 경우가 발생하기도 합니다.

이를 방지하기 위해서, 이전 암기법에 포함되었던 동일한 약물이 다른 치료에 나오는 경우 새로운 암기법에 이전과 동일한 글자 및 음절을 쓰는 것이 좋습니다. 이 방법이 불가능하다면, 더 많은 글자 및 음절을 암기법 자체에 추가하여 약물을 혼동하는 일을 줄이는 방법을 고려할 수 있습니다.

예) 순환기내과 파트에서 부정맥 약제 class III 로 암기했었던 amiodarone과 sotalol이 monomorphic VT의 치료 약제로 재등장했습니다. amiodarone은 '아미'로, sotalol은 '콘서트'로 동일하게 암기법을 적용해 헷갈림을 줄일 수 있었습니다.

부정맥 치료제 ● III: Amiodarone, Sotalol, Ibutilide	아미가 간 콘서트 2부 아미 (ami)가 간 콘서트(sot) 2부 (ibu)
monomorphic VT 치료 (V/S stable) ● amiodarone (기저심질환), procainamide (TOC), sotalol, lidocaine	부티나는 아미는 콘서트 프로 리더 부티 (VT) 나는 아미 (ami)는 프로 (pro) 콘서트 (sot) 리더 (lido)

이런 특징을 기억하며 암기법을 만드는 방법에 대해 구체적으로 알아봅시다.

1. 한 가지의 질환 암기법

위의 원칙을 기억하며 본격적으로 암기법을 만드는 방법에 대해 알아봅시다. 보통 암기를 할 때는 앞글자를 따서 외우는 것이 일반적입니다. 막상 해보면 생각보다 아이디어가 잘 떠오르지 않아 포기하고 넘어간 경험이 있을 것입니다. 저희는 다음과 같은 네 단계의 알고리즘을 통해 여러 개의 암기법을 효율적으로 생성했습니다.

1) 암기법에 넣고 싶은 내용 정하기

2) 핵심 음절 뽑아 문장 만들기

3) 핵심 음절로 단어 만들기

4) 단어를 조합해 문장 만들기

1) 암기법에 넣고 싶은 내용 정하기

가장 먼저 암기해야 할 내용을 파악해야 합니다. 내용 중 여러번 보아도 잘 외워지지 않는 부분을 고릅니다.

예) anti-TNF alpha의 종류인 infliximab, adalimumab, natalizumab을 외우기 위한 암기법을 만들어본다고 가정해봅시다.

2) '핵심 음절' 뽑기

암기법에 넣고 싶은 내용을 정했으면, 그 단어들에서 '핵심 음절'을 골라야 합니다. 여기서 '핵심 음절'이란, 내가 외우고 싶은 단어에서 가장 쉽게 기억할 수 있는 파트를 뜻합니다.

예) 핵심 음절을 'inflix', 'adali', 'natali'로 설정했습니다.

3) 핵심 음절로 단어 만들기

글자들을 중얼중얼 발음해보며 발음이 비슷한 단어를 찾아봅니다. 가급적이면 우리가 일상에서 흔히 사용하지 않는 단어, 또는 머리 속에 잘 각인될 수 있는 단어로 정하는 것이 좋습니다.

예) 'inflix'는 '인플릭스'에서 '넷플릭스''로, 'adali'는 '아달리'에서 '애딸린', '~와 달리'를, 'natali'는 나탈리 (영어 이름) 등을 떠올릴 수 있습니다.

4) 단어를 조합해 문장 만들기

글자들을 고른 후에는, 그 순서를 섞어가며 문장을 구성합니다. 빈 종이에 글자들을 적고 순서를 바꿔가며 문장을 구성해 보는 것도 좋은 방법입니다.

예) 이렇게 만든 넷플릭스, 애딸린, 나탈리를 어떻게 조합할 수 있을지 생각해 봅니다. 고민 끝에 "넷플릭스 보는 애딸린 나탈리" 라는 문장을 구성하였습니다. 암기법 완성!

만약 1-4번까지의 방법으로도 암기법이 생각이 나지 않는다면, 어떻게 할까요?

일단, 핵심 음절의 길이를 줄여볼 수 있습니다. 핵심 음절이 긴 경우 생각할 수 있는 단어가 한정적이기 때문입니다. 앞의 예시에서 만들었던 핵심 음절인 'inflix'의 경우에도 음절이 긴 편이기 때문에, 넷플릭스 말고 다른 단어가 잘 떠오르지 않을 것입니다. 따라서 이를 'infl'로 줄이면 '인플루언서' 등 더 많은 단어를 떠올릴 수 있습니다. 비슷하게 핵심 음절을 'adali'에서 'dali'으로, 'natali'에서 'nata'로 줄인다면, "인플(infl)루언서와 달리(dali) 나태(nata)해" 등의 암기법도 새로 만들 수 있습니다.

또, 한글/영어를 바꿔서 암기법 만들기를 시도해봅니다. 암기 대상이 영어라 해서 암기법에 꼭 영단어를 넣어야 하는 것은 아닙니다. 비슷한 발음의 한국어와 영어 단어들을 폭넓게 생각해보는 것이 좋습니다. 한-영을 자유롭게 바꿔가며 고민을 한다면 더 많은 선택지를 가질 수 있을 겁니다. 결국 문장을 만들기 위한 선택지를 넓히는 것이 이 파트의 핵심입니다.

그럼에도 암기법이 잘 생각나지 않는다고 해도 괜찮습니다. 우리에게는 구글 검색이 남아 있으니까요. 구글에 내가 외우고 싶은 내용 뒤에 "mnemonics", "amboss",

"USMLE"를 붙여서 검색해보시면 됩니다. 이미 만들어져 있는 암기법들을 많이 찾을 수 있습니다. 아니면 공부하고 있는 옆자리 친구에게 물어보세요. 숨겨둔 암기법을 하나씩 공유하다 보면 생각보다 큰 도움을 받을 수 있습니다.

예시를 한가지 더 들어보겠습니다. 다음과 같은 내용에 대한 암기법을 만들어 보겠습니다.

염증성 설사를 일으키는 세균

- C.difficile
- EHEC, Shigella
- Salmonella
- V. parahaemolyticus
- Campylobacter

일단 외우고 싶은 내용의 핵심 음절을 정합니다. 세균들의 이름을 외우고 싶은 것이니, 세균 하나당 한 개의 핵심 음질을 뽑아봅니다.

세균	핵심 음절
C.difficile	디피 -> 디피컬트!
Shigella	쉬, 시, 씨
Salmonella	살, 쌀
V. parahaemolyticus	파라
Campylobacter	캠프

이제 만들어 놓은 핵심 음절들을 이용해 문장을 구성해 보겠습니다. 핵심 음절 중에 '디피컬트'와 '파라'가 일상 생활에서 쉽게 사용하지 않는 단어이기 때문에, 이 두 단어를 이용해서 만저 문장을 구성해 보겠습니다.

먼저 구성한 문장: [어렵게] [팔아]

이제 나머지 음절들도 합쳐서 문장을 마무리합니다.

모든 음절을 포함한 문장: [캠프가서] [쌀] [씻고] [어렵게] [팔아]

여기서 응용을 한다면, 문장에 질환이 잘 생각나도록 질환의 정보를 추가할 수도 있습니다. (앞에서 좋은 암기법은 질환명을 포함하는 암기법이라고 언급한 것 기억하시나요?) 염증성 설사의 특징인 '혈성 설사'까지 추가해 봅시다.

"질환의 정보"가 들어간 최종 문장: 캠프가서 쌀 씻고 어렵게 팔아 피똥싼다.

연습문제를 준비해 보았습니다. 다음과 같은 내용에 대한 암기법을 한번 만들어 보세요

중증 알코올성 간질환의 진단과 치료

중증 기준: 빌리루빈, PT, PMN leukocyte 증가

치료: 스테로이드 먼저 -> 잘 안들으면 펜톡시필린

[핵심 음절 만들기]

중증 알코올성 간질환 =>

빌리루빈 =>

PT =>

PMN leukocyte (백혈구)=>

스테로이드 ->

펜톡시필린 =>

먼저 구성한 문장=

모든 음절을 포함한 문장=

“질환의 정보가 들어간" 최종 문장=

정답 예시) 알콜중독 (중증 알코올성 간질환) 빌리 (빌리루빈)가 PT 백번 (백혈구 증가) 하니 스트레스 (스테로이드), 땀나서 팬티 (펜톡시필린) 필요

2. 질환 여러 개 묶어서 기억하는 법

앞의 방법은 하나의 질환에 속해 있는 여러 내용을 한번에 외울 때 효과적입니다. 그런데 가끔 한 그룹에 속한 여러 질환을 구분해서 외워야 하는 경우가 있습니다. 특히 각 질환들의 진단과 치료들이 모두 다른 경우, 잘 분류해서 외워줘야 나중에 헷갈리지 않습니다. 이런 경우에는 스토리를 만들어서 기억하면 편리합니다.

예를 들어, 소아 뇌전증 증후군에는 굉장히 많은 질환이 속해 있고, 각각의 진단법과 치료도 모두 다릅니다. 이 내용을 한번에 외워봅시다.

우선 앞서 배웠던 앞글자 따기를 적용하여 각각의 증후군에 대해 핵심 음절을 고르고 각각 암기법을 만듭니다.

소아 뇌전증 증후군 치료 (나이 이른 순서대로)	
● 영아 연축: ACTH, vigabatrin	영AH (영아연축, ActH)
● 양성 롤란딕 (Rolandic) 뇌전증: 중심측두엽 극파/ carbamazepine	RC (RolandiC, Carbamazepine)
● 결신 발작= 소아기 소발작 뇌전증: 3hz / ethosuximide	3교시 (3Hz) 에 또 (ethosuximide) 결석하다 (결신발작)
● 청소년 (juvenile) 근간대 뇌전증: valproic acid	제발 (jv=juvenile, valproic) 일찍 와

이제 각각의 암기법을 조합해서 스토리를 만들어봅니다. "영아가 RC(Reading Comprehension) 3교시에 또 결석하다. 제발 일찍 와." 핵심 음절들을 연결하여 질환군과 연결되어 기억하기 쉬운 하나의 이야기를 만들 수 있었습니다. 소아뇌전증에 어울리게 영아를 타이르는 엄마의 목소리를 연상해서 외우면 됩니다.

내과 과목을 공부하다 보면 감별 진단하는 방법을 같이 외워야 하는 경우가 많습니다. 이 때는 감별진단 알고리즘에 따라 질환들을 정리하고 암기법을 만들면 감별 방법과 질환을 한번에 외울 수 있습니다.신장내과의 저칼륨혈증과 대사 알칼리증이 동시에 있는 경우 감별 진단하는 법을 예시로 들어보겠습니다.

저칼륨혈증 + 대사 알칼리증이 생길 수 있는 질환들의 흐름을 쭉 정리해보면 다음과 같습니다.

저칼륨혈증 + 대사 알칼리증
1) 고혈압 O: (1) Aldosterone 증가: - renin 억제: primary aldosteronism - renin 증가: renal artery stenosis (2) Aldosterone 감소: Liddle's syndrome, 감초(Licorice) 2) 고혈압 X: (1) Urine Cl<10: 구도, NG suction (2) Urine Cl>20: - urine Ca+ 증가 (urine Ca/Cr>0.2): loop diuretics (furosemide), Bartter's, - urine Ca+ 감소: thiazide, Gitelman's syndrome

알고리즘에 따라서 차례대로 앞글자 따기로 암기법을 만들어 봅니다.

- 대사알칼리증 + 고혈압:

저칼로리라면서 알고 보니 알레리? (알도 레날 리들)

- 대사알칼리증 + 정상혈압:

염분보고 적으면 토하고, 많으면 그냥 푸(furosemide)드파(batter's)이터 하면 되(thiazide)지(gitelman)..

이처럼 감별 흐름을 암기법에 담는다면 문제에서 어떤 임상 상황과 마주해도 당황하지 않고 기억해낼 수 있을 것입니다.

마지막으로 과목에 따라서도 적합한 암기 포인트에 조금씩 차이가 있습니다.

- 신장내과: lab을 보고 감별진단하는 것이 중요합니다. 감별해야 할 질환들을 진단 알고리즘에 따라 분류하여 암기법을 미리 만들어 놓는 것이 큰 도움이 되었습니다.

- 류마티스내과: 치료법이 굉장히 다양한 과목인데, 최근 지엽적인 내용이 출제되고 있는 추세입니다. 가능하다면 1차 약제 뿐 아니라 2차, 3차 약제까지 묶어서 암기하는 것이 좋습니다.

- 알레르기내과: 과민반응의 유형에 따른 분류를 꼼꼼히 암기하면 큰 도움이 됩니다. 유형별로 진단 및 치료의 공통점이 있기 때문입니다.

- 감염내과: 단순 암기해야 할 내용이 많으므로 질환명과 약제를 엮어 단순한 구절을 여러 개 만들어 보는 것이 도움이 됩니다.

- 산부인과: 부인과 종양파트의 난이도가 높습니다. 내용이 까다로운데에 비해 출제된 문제 수는 많지 않아 가성비가 떨어지는 파트입니다. 정확한 병기를 외우는 것에 집착하기보다는 '수술에서 방사선', '수술에서 항암' 등과 같이 치료 방향이 현저히 바뀌는 조건을 일단 정확히 암기하고 넘어가는 것이 좋습니다.

- 정신과: 치료 약물을 외우는 것이 중요합니다. 약물 이름이 비슷해서 헷갈릴 수 있습니다. 질환을 큰 단위로 묶어 약물의 큰 흐름을 파악하는 것이 좋습니다. 예) '이 동네 (e.g. 치매)는 퀘티아핀', '저 동네 (e.g. 불안장애) 는 SSRI

- 의료법: 각 기관이 어떤 역할을 수행하는지, 그리고 기간 (며칠, 몇 달, 몇 년)을 외우는 것이 헷갈립니다. 출제된 부분을 위주로 꼭 정리해두시길 바랍니다.

04 시험 보기 전에 알았으면 좋았을 국시 꿀팁모음

[무엇을 공부할까?]

1. 기출문제 주의 깊게 보자

처음 국가고시 대비를 시작하다 보면 기본서의 내용을 다 알아야 문제를 풀 수 있을 것이라는 생각에 빠져 이론만 주구장창 외우는 함정에 빠지기 쉽습니다. 특히 완벽주의 성향이 있는 의대생은 이론을 하나도 빼놓지 않고 이해하려는 경향이 높습니다. 하지만, 머리로 아는 지식도 문제를 풀 때 적용이 되지 않으면 소용이 없습니다. 빠르게 이론서로 기초를 다지고 기출 문제를 충분히 풀면서 내용을 체득하는 것이 가장 효율적이고 기억에 잘 남습니다.

2. 장기적, 단기적 목표를 세우자

고시 시험의 특성상 준비 기간이 길기 때문에 시간이 많이 남은 것 같다는 착각이 들기 쉽습니다. 하지만 막상 계획을 세워 보면 방대한 양을 공부하기 위한 시간은 생각보다 얼마 없다는 사실을 알게 됩니다. 장기적으로 어떤 문제집을 몇 번 보겠다는 목표를 세우고 실제 소요 시간을 넉넉하게 계산해서 계획을 세워야 합니다. 또, 막상 계획을 세우고 매일 변수가 생겨 할당량을 다 채우지 못할 때가 있는데, 그래도 일단 뒤쳐지지 않고 진도를 나가는 것이 중요합니다. 그렇기 때문에 혼자 공부하는 것보다는 강제적으로 진도를 맞춰줄 스터디를 통해 공부하는 것이 더 효과적입니다.

3. 실패는 성공의 어머니. 틀린 문제 다시 풀기

어떤 문제집이든 2번째로 풀면 느끼게 되는 점이 있는데, 틀렸던 문제는 또 틀린다는 것입니다. 심지어 같은 문제를 3번 틀리기도 합니다. 그렇기 때문에 틀린 문제는 반드시 표시해 두어야 합니다. 포스트잇/인덱스텝으로 표시해둬도 찾기 좋습니다. 나중에 2번 볼 시간이 부족하다면 틀린 문제만이라도 꼭 다시 보아야 점수를 높이는 데 도움이 될 것입니다.

4. 시험에 나오지 않은 부분을 눈여겨 보자

점점 국가고시의 난이도가 높아지고 있습니다. 2022년도 국시 역시 역대급 난이도였다는 평이 대부분이었습니다. 가장 흔한 약물이 아닌 2차, 3차 치료를 물어보는 생소한 문제가 많이 나왔기 때문에 기출문제의 답만 외워서는 고득점이 어려웠습니다. 예를 들어서, 과거에는 베체트병의 치료 약물의 답으로 스테로이드를 묻는 문제가 많이 나왔었지만 이번에는 처음으로 colchicine이 출제되었습니다. 이처럼 문제가 나오는 파트는 거의 비슷해도 답이 달라질 수 있습니다. 시중에서 판매하는 여러 문제집이나 요약집의 경우 기출문제를 다른 색으로 표시해 둡니다. 색깔 표시 된 답을 외우는 것은 매우 중요합니다. 하지만 그것만 봐도 고득점 가능했던 예전과는 다르게 그 옆에 있는 검은 글씨까지 눈여겨보고 외워야 합니다. 특히 같은 질환이더라도 증상별로 달라지는 치료와, 치료 시 고려해야할 금기 사항이 국가고시에서 점차 자주 등장하고 있습니다. 꼭 기억하시길 바랍니다.

5. 오답선지 활용하기

답인 선지는 모두들 꼼꼼히 봅니다. 하지만 고득점을 위해서는 답이 아닌 선지도 왜 그 답이 아닌지 이유를 알아야 합니다. 만약 문제에서 처음 보는 선지가 나오면 무엇인지 꼭 찾아보고 기억할 수 있게 적어 두길 바랍니다. 위에 강조한대로 생소한 약제가 국가고시에서 점차 많이 나오고 있습니다. 선지에 나올만한 약제라면 임상에서 사용하는 약제일 가능성이 높고 그 선지가 오답으로 나왔다가 나중에 정답으로 나올 가능성이 매우 높기 때문입니다.

6. 단권화를 하자

국가고시를 준비하다 보면 따로 찾아보거나 정리하는 내용들이 생깁니다. 그런 내용들을 한 곳에 모아두는 것이 공부하는데 효과적입니다. 주로 시중에 판매하는 여러 요약집, 퍼시픽북스의 '맥잡기'나 유니온북스의 '하이패스'에 정리하는 사람들이 많습니다. 혹은 워드, 엑셀 파일 등에 따로 정리해둘 수도 있습니다. 예를 들어 약물의 적응증이나 기전을 열심히 찾아봤다면 다시 볼 수 있는 곳에 적어두어야 합니다. 나중에 또 잊어버리고 같은 것이 반드시 궁금해지기 마련이기 때문입니다.

7. 한글 용어로 공부하자

국가고시에서는 거의 대부분 한글로 문제와 선지가 출제됩니다. 예를 들어 duplex sonography의 경우 국시에서는 이중주사초음파라는 한글용어로 주어집니다. 영어 용어가 익숙하시더라도 한글로 기억해야 문제를 풀 때 헷갈리지 않습니다. 필기본을 만들 때 영어 용어 옆에 한글 용어를 같이 정리해 두는 것도 도움이 됩니다.

[어떻게 공부할까?]

8. 의지가 부족하면 학교로 가자

집에서 공부하면 교통시간이 단축되어 더 많이 공부할 수 있다고 생각하시나요? 물론 본과 1학년부터 꾸준히 집에서 공부를 해온 사람이라면 가능합니다. 하지만 시험 기간미다 집에서 늘어져 있던 사람이라면 학교로 갑시다. 집에서 공부를 잘하던 사람이라도 학교를 한 번 가 보는 것을 추천합니다. 주변에서 의지를 불태우며 공부하는 동기들을 보면 엉덩이가 무거워질 수 밖에 없습니다. 함께 으쌰으쌰하며 학교에서의 마지막 추억을 쌓는 것은 플러스 알파!

9. 타이머를 활용하자

매일 공부하는 과정에서 분명 10시간은 앉아있었던 것 같은데 왜 내가 본 페이지 수는 이것 밖에 안돼?하고 의문이 들 수 있습니다. 그럴 때 내가 진짜 몇 시간 공부하는지 현실을 마주해야 합니다. '강제로 핸드폰으로 딴짓 못하게 막아주는 여러 유용한 스마트폰 어플이 있습니다. 이를 적극 활용하고 다른 친구들과 공부시간 채우기를 함께 목표하면 더 효과적입니다. 특히 '열품타' 라는 어플을 유용하게 사용했는데, 내가 매일 공부한 시간을 기록할 수 있고, 친구들과 같이 팀을 구성하면 실시간으로 친구들이 몇 시간 공부하고 있는지도 볼 수 있기 때문에 자극을 받을 수 있었습니다. 그리고 핸드폰을 사용하는 시간은 공부 시간에서 자동 제외되므로 내 순 공부시간을 정확하게 측정할 수 있었습니다.

10. 국시는 장기전이다

내신 공부를 할 때 밤을 세워가며 공부했던 기억이 있을 것입니다. 내신 시험이 100m 달리기라면 국시는 마라톤입니다. 매일의 규칙적인 공부, 휴식, 운동, 수면 스케줄을 확보해야 합니다. 최소 국시 1달 전까지는 운동을 꾸준히 하는 것을 추천 드립니다. 학교 헬스장에서 PT를 꾸준히 하는 사람도 있었고, 자전거를 타는 사람도 있었습니다. 본인이 좋아하는 운동을 하면 스트레스도 풀리고 공부 효율도 높아집니다.

11. 의지가 부족하다면 돈을 걸자

시험이 다가올수록 아침 등교가 점점 힘들어집니다. 그래서 저희는 '기상 인증 스터디'를 따로 만들었습니다. 아침에 정해진 시간까지 오지 않으면 2천원씩 벌금을 냈습니다. 일주일간 모인 벌금을 모아 커피를 사마시는 소소한 재미가 있었습니다.

[시험장에서]

12. 임상종합평가로 나의 실력을 평가하라

국가고시의 모의고사라고 볼 수 있는 8월 1차 임상종합평가와 10월 말 2차 임상종합평가가 있습니다. 난이도를 비교해 보았을 때 2차 임종평이 가장 어려웠고 그 다음이 국가고시, 1차 임종평이었습니다. 이전년도에도 비슷한 경향이었습니다. 2차 임종평이 가장 어렵고 생소하기 때문에 점수가 잘 나오지 않을 수 있다는 점을 염두에 두어야 합니다. 점수에 낙심하기보다 국가고시에서 임종평 변형 문제가 여러 차례 나왔기 때문에 관련 내용을 꼼꼼히 공부하여 대비하시길 바랍니다.

13. CBT의 변수

첫 Computer Based Test를 경험한 세대로서 여러 변수를 경험했습니다. 몇 가지 사례로 옆 사람이 문제를 풀면서 한숨을 푹푹 쉴 쉬는 경우도 있었고 주위에서 키보드 소리가 멈추지 않고 들리기도 했습니다. 컴퓨터 혹은 마우스가 먹통이 되기도 했습니다. 이러한 상황을 모두 예측할 수는 없겠지요. 그러니 당황하지 말고 적절히 대응하고 침착함을 유지해야 합니다. Keep Calm and Carry On.

14. 시험 첫날 오후에는 무엇을 할까?

첫날 시험을 본 후 오답을 맞춰보고 싶은 욕구가 들끓습니다. 하지만 이미 지나간 선지는 내려놓는 것이 현명합니다. 이번에 CBT로 바뀌면서 최종 정답지는 시험 둘째 날 오후 6시에 나왔습니다. 첫째 날 시험이 끝나고 열심히 추론했던 답이 정답이 아닌 경우가 많았습니다. 첫째 날 출제된 문제에 집착하는 것보다 첫째 날에 출제되지 않은 부분을 확인해보고 아직 문제가 많이 나오지 않은 파트를 위주로 빠르게 복습하는 것이 더 효과적입니다. 작년 국가고시에 이어 올해도 둘째날이 첫번째 날보다 쉬웠습니다. 그러니 첫째 날만 보고 포기하기엔 아직 이릅니다.

05 암기법 노트

[01] 순환기 내과

이론	암기법
미주신경성 실신 치료 ● vasopressor, beta blocker (BB), fluoxetine	**바비 플루걸림** 바비 (va B) 플루 (flu) 걸림
부정맥 치료제 ● III: Amiodarone, Sotalol, Ibutilide	**아미가 간 콘서트 2부** 아미 (ami)가 간 콘서트(sot) 2부 (ibu)
DOAC/NOAC ● 종류: Dabigatran, Rivaroxaban, Apixaban, Edoxaban	**다리 아파 애도** 다리 (Da ri) 아파 (api) 애도 (edo) [참고] DVT와 관련 깊은 PTE 치료에 쓰임
WPW syndrome + atrial fibrilation 치료 (V/S stable) ● procainamide, ibutilide	WAPI
monomorphic VT 치료 (V/S stable) ● amiodarone (기저심질환), procainamide (TOC), sotalol, lidocaine	**부티나는 아미는 콘서트 프로 리더** 부티 (VT) 나는 아미 (ami)는 프로 (pro) 콘서트 (sot) 리더 (lido)

급성폐부종: 혈압에 따른 치료 ● 수축기 혈압 > 100 mmHg: Nitroglycerin ● 수축기 혈압 70~100 & shock 없음: Dobutamine ● 수축기 혈압 < 70 & shock: NE, Dopamine	**니도내도** (nitroglycerin, dobutamine, NE, Dopamine) (*dobutamine과 dopamine 순서가 헷갈릴 수 있는데, 알파벳순으로 기억! Dobutamine이 먼저)
감염 심내막염 치료 ● 경험적 항생제 : Vancomycin + Gentamicin ● 수술 (판막교체술) 적응증 　● 색전 위험 높음 (vegetation >10mm or embolic episode 1번 이상) 　● 심부전: 심한 판막 역류 (AR,MR), 폐부종, 심인성 쇼크 　● 인공 판막: 부분적으로 터지거나, 심장내 합병증 동반한 S.aureus 감염 심내막염	**쉰내나는 반포 젠틀맨의 색시는 판사** 쉰내(심내막염)나는 반포 (vancomycin) 젠틀맨 (gentamicin) 의 색시ㅁ는 판사 (색전, 심부전, 심한 판막역류면 수술 적응증)
임신 전자간증/자간증 ● 치료: CCB (Nifedipine, nicardipine), BB (labetalol), Hydralazine,	**니 lab에서 일하다가 양수 터졌다** 니 (ni) lab 양수 (물->hydro->hydra)
고혈압성 뇌병증 ● 치료: Nitroprusside, Labetalol, Nicardipine	**니 lab에서 밤까지 일해서 고혈압성 뇌병증 걸렸다** 니 (ni) lab에서 밤 (nit)까지 일해서

[02] 호흡기 내과

이론	암기법
기관지 확장제 ● SABA: salbutamol (살부타몰), albuterol (알부테롤), terbutaline ● LABA: salmeterol, formoterol (포모테롤) [기타 약제 모음] ● LAMA: tiotropium (티오트로피움) ● LABA: indacaterol (인다카테롤) ● SABA: salbutamol (살부타몰) ● SAMA: ipratropium (이프라트로피움)	사부부터 러브테러 사부(SABA) 부터(-buta) 러브(LABA) 테러(terol)
폐렴 약제 ● 전형 (고열, WBC 증가): B or ● 비전형 (폐외증상- 두통,인후통,근육통): M or F ● 중환자실: B + (M or F) M은 azithromycin ● 비전형 배제 불가능: B+M or F ● 레지오넬라 폐렴: M, F(Ofloxacin), tetracycline B: beta-lactam 계열 항생제 M: macrolide 계열 항생제 F: fluoroquinolone 계열 항생제	전형은 Boy Friend, 비전형은 Male Friend, 중환자는 Boy plus (Male or Friend) ● 전형: 일반적으로 Boy(or) Friend라 부르니까 전형적! ● 비전형: Male(or) friend는 비전형적이다! ● 중환자실: Boy + (Male or Friend) // macrolide는 azithromycin 쓴다 ● 비전형 배제 불가능: (Boy+Male) or Friend

<table>
<tr>
<td>결핵 치료제 부작용
● Rifampin (RFP): 간독성, 혈소판 감소증, acute renal failure, thrombocytopenic purpura acute hemolytic anemia
● Isoniazid (INH): 간독성 (hepatotoxicity), 말초신경병증 (neuropathy)
(치료: vit B6=피리독신 투여)
● Pyrazinamide (PZA): 간독성, 관절통 (arthropathy), 통풍 발작
● Ethambutol (EMB): 시신경병증 (Eye)

**간독성: RFP, INH, PZA (EMB 빼고 전부)
밑줄 친 부작용: 즉시 투약 중단 후 다시 사용하면 안됨!</td>
<td>● RFP = RF는 Renal Failure, P는 Purpura + 혈소판 감소증과 비슷한 급성 용혈성 빈혈
● INH = N은 Neuropathy, H는 Hepatotoxicity
● PZA = A는 관절통 (arthropathy), 이와 관련된 통풍 발작
● Ethambutol (EMB): E는 시신경병증 (Eye)

**간독성: E(애) 빼고 다 간 나빠</td>
</tr>
<tr>
<td>잠복결핵 치료
● INH 9달
● 기타 치료: RFP 4달, INH/RFP 3달, 간헐적 12회 INH/Rifapentin</td>
<td>● 약제: I R IR IR 순서 -> 내향적인 론 (Introverted Ron)
● 기간: 9와 4분의 3 승강장 (마지막은 9+3 = 12)

<table>
<tr><td>I</td><td>9</td></tr>
<tr><td>R</td><td>4</td></tr>
<tr><td>IR
(RFP/INH)</td><td>3</td></tr>
<tr><td>IR
(INH/리파펜틴)</td><td>12 (9+3)</td></tr>
</table>
</td>
</tr>
</table>

특발성 폐섬유화증 (IPF) 치료 ● 닌텐다닙 (nintedanib), 퍼페니돈 (pirfenidone)	아이는 닌텐도 퍼펙트 아이 (IPF)는 닌텐도 (nintendanib) 퍼펙트 (pirfenidone)
사르코이드증 진단 ● BAL (기관지폐포 세척술) CD4+/CD8+ >4 (정상은 2 정도)	4르코이드라서 4가 많다
혈전용해제 금기증 ● 뇌출혈 과거력(시기 무관) ● 뇌경색/기타 뇌혈관질환(1년내) ● 고혈압 (혈압>180/110) ● 대동맥박리 의심 ● 활동성 출혈 (월경 X) ● 2주 내 수술, 항혈전제 (Heparin) 복용	내내 고대하던 피 2주 수혈 내내 (뇌출혈, 뇌경색), 고대 (고혈압 대동맥박리) 하던 피 (활동성 출혈) 2주 수혈 (2주 내 수술, 항혈전제)
악성흉수 치료 ● 화학적 흉막유착술 (Talc, doxycycline, bleomycin)	악한 탈 쓴 독불장군 악한 탈 (talc) 쓴 독 (doxy) 불 (bleo)장군

[03] 소화기 내과

이론	암기법
상부 위장관 & 하부 위장관	
기능성 소화불량 약물치료 ● H2 Receptor agonist (cimetidine), PPI, metoclopramide + buspirone	**2개의 피맛 버섯** 2개 (H2) 의 피 (PPI) 맛 (met~) 버섯 (buspirone)
하제 (순서대로) ● 팽창성 하제 (부피성): 겨껍질, 차전자피, 메틸셀룰로오스, 폴리카보필 ● 삼투성 하제: lactulose, Lactitol, PEG ● 염류성 하제: 마그네슘염 (마그밀) ● 자극성 하제: 대부분의 변비약 (Senna, Bisacodyl) ● 변 완화제: 도큐세이트, mineral oil	**팽수 삼촌 염색 자신없어 흐물** 팽수 (팽창성) 삼촌 (삼투성) 염색 (염류성) 자신없어 (자극성) 흐물 (변완화)
심한 변비 진단 workup (순서대로) ● 대장통과시간 ● 직장내압검사/풍선배출검사 ● 배변조영술	**대장 지날 때 힘주면 똥이 나와** 대장을 지날 때 (대장통과) 힘 (내압, 풍선배출) 주면 똥 (배변)이 나와
염증성 설사 원인균 ● Campylobacter ● Salmonella ● Shigella ● C.difficile ● v. parahaemolyticus ● EHEC	**캠프가서 쌀 씻고 어렵게 팔아 피똥싼다** 캠프가서 (Campylobacter) 쌀 (salmonella) 씻고 (shigella) 어렵게 (c.difficile) 팔아 (parahaemolyticus) 피똥싼다 (EHEC)

H. pylori 제균치료 ● 3제: PPI (Omeprazole) + (Amoxicillin + Clarithromycin +Metronidazole 중 택 2) ● 4제: PPI (Omeprazole) + Bismuth + Metronidazole + Tetracycline	3제: PPI + ACM 4제: PPI + BMT * PPI: proton pump inhibitor
염증성 장질환 치료제 중 생물학적 제제 (anti-TNF alpha) 치료 순서 ● Infliximab→ Adalimumab→ Natalizumab	**넷플릭스 보는 애딸린 나탈리** 넷플릭스 (inflix) 보는 애딸린 (adali) 나탈리 (natali)
곁주머니염 (게실염)의 치료 (광범위 항생제) ● 1차 약제: metronidazole + ciprofloxacin ● Monotherapy: moxifloxacin, Amoxicillin/Clavulanate, carbapenem	**게먹으러 메트로 타고가고 시퍼 몹시 배고파 아클라써 게나 까봐** ● 1차 약제: 게 먹으러 (게실염) 메트로 (metro) 타고가고 시퍼 (cipro) ● monotherapy: 몹시 (moxi) 배고파 아클라써 (amox/clav) 게나 까봐 (carbapenem)
대장폐쇄 수술적 치료 ● 우측 대장폐쇄: immediate primary resection ● 좌측 대장폐쇄: 감압 (스텐트 삽입) → 횡행결장루술 (transverse colostomy)	**오른손 수술은 빠르고 왼손은 느리다** 오른쪽은 응급수술, 왼쪽은 천천히 수술

내시경적 폴립절제술 후 추가 장절제 적응증	저분 혜림이 절친
● 저분화/미분화	저분 (저분화도)
● 혈관/림프관 침범	혜림 (혈관/림프관)이
● 절제연 암세포 존재 (+)	절 (절제연+)
● Submucosa 침범>1mm	친 (submucosa 침범)

간	
간접 (indirect) 고빌리루빈혈증 원인질환 ● 길버트 증후군 ● 크리글러 나자르 증후군	**용한 길버트 닌자 모르면 간첩** 용한 길버트 (길버트증후군) 닌자 (나자르) 모르면 간첩 (간접)
직접 (direct) 고빌루빈혈증 원인질환 ● Dubin Johnson syndrome ● Rotor syndrome ●	**DDR** (Direct는 Dubin johnson과 Rotor)
C형 간염 치료제 (모든 유전자형에서 사용 가능) ● Glecaprevir/ Pibrentasvir ● Sofosbuvir/Velpatasvir (우리나라에 없음)	**카프리썬 피비린내** **소포 벨 울려서 보니 빠따 왔네** 카프리썬 (-capre-) 피비린내 (pibren) 소포 (sofos-) 벨 울려서 보니 빠따 (velpata-) 왔네
중증 알코올성 간질환 ● 기준: 빌리루빈, PT, PMN leukocyte 증가) ● 치료: prednisolone 먼저→ pentoxifylline (TNF합성 억제제/ infection, bleeding 있을 때는 이거 먼저)	**알콜중독 빌리가 PT 백번 하니** **스트레스, 땀나서 팬티필요** 알콜중독 (알코올성 간질환) 빌리 (빌리루빈)가 PT 백번 (백혈구 증가) 하니 스트레스 (스테로이드), 땀나서 팬티 (펜톡시필린) 필요

<table>
<tr>
<td>SBP (Spontaneous Bacterial Peritonitis) 항생제
● 경험적 항생제 : cefotaxime, ceftriaxone
● 예방적 항생제 : fluoroquinolone (Norfloxacin, Ciprofloxacin) or TMP-SMX</td>
<td>샛노란 트리
샛 (cepha) 노란 (norfloxacin)
트리 (TMP-SMX)</td>
</tr>
<tr>
<td>정맥류 출혈 약제
● Ceftriaxone (IV) or Norfloxacin (PO)
● Direct splanchnic vasoconstrictors: somatostatin , Terlipressin (IV), octreotide (IV),</td>
<td>샛노란 솜털옷
샛노(cef, nor)란

솜털옷 (som ter oct)</td>
</tr>
<tr>
<td>간성뇌증의 주요 증상 4가지
● 급/만성 간질환 증상
● 발음과 의식장애
● 신경학적 징후: 퍼덕떨림, rigidity
● EEG 변화: slow triphasic wave

간성뇌증 치료
● rifaximin, lactulose, lactitol, LOLA</td>
<td>뇌물을 줬지만 간발의 차이로 신의를 잃었으리라
뇌물을 줬지만 (간성뇌증)
간발 (간질환증상 발음) 의
차이로
신의 (신경학적 EEG) 를
잃었으리라 (RiLa => Rifaximin, lactulose, lactitol, LOLA)</td>
</tr>
<tr>
<td>일차성 담즙성 담관염 (PBC)
● 중년여성 호발
● AMA+
● 치료: 우르소데옥시콜산 (UDCA)/ 콜레스티라민 (소양감 감소 목적)</td>
<td>범(BUM)죄자 아줌마 몸가려워

<table><tr><td>B</td><td>pBc</td></tr><tr><td>U</td><td>UDCA</td></tr><tr><td>M</td><td>AMA(anti-mitochondrial antibody)</td></tr><tr><td>아줌마</td><td>중년 여성</td></tr></table></td>
</tr>
</table>

원발성 경화성 담관염 (PSC) ● MRCP, ERCP: 염주모양 ● 중년 남성 호발 ● UC 동반: 진단 시 대장내시경 ● p-ANCA ● ANA+ ● 치료: cholestyramine	**CCCCC** (psC uC anCa erCp 염주 Cholestyramine) **염주차고 센척하는 남자, 우씨 피 안나냐?** 염주 (염주 모양)차고 센척하는 남자 (젊은 남자), 우씨 (UC) 피 (p-ANCA), 안나냐? (ANA)

담췌	
**쓸개염은 어깨 방사, 이자염은 등 방사 (이등 쓸어~)	
급성 쓸개염의 응급 담낭절제술 적응증 ● 농양, 천공, 꼬임, 기종성 쓸개염	**농촌꼬기** (농양, 천공, 꼬임, 기종성) 먹고 응급수술
진행성 쓸개암 항암요법 ● Cisplatin & Gemcitabine	**쓸만한 시트러스 잼** 쓸(쓸개)만한 시트러스(Cis) 잼(gem)
급성췌장염 대증치료: 금식, 수액, 진통제, 비위관, 항생제 ● **수액**: 가장 중요 ● **마약성 진통제** (meperidine (Demerol), hydromorphone, tramadol // morphine 금기) ● 예방적 **항생제** (감염성 췌장 괴사): carbapenem (imipenem) ● **금식** (NPO) -> 조기 식이 진행 ● **비위관**: 심한 N/V, paralytic ileus	**수진이는 항상 금으로 비위를 맞춰줘야 함** 수진이는 (수액, 진통제) 항상 (항생제) 금으로 (금식) 비위를 (비위관) 맞춰줘야 함
감염성 이자괴사 치료제 ● cilastatin/imipenem	**금괴들고 신라로 이민감** 금괴 (감염성 이자괴사) 들고 신라 (cila--) 로 이민감 (imi)

[04] 신장 내과

이론	암기법
전해질 상태에 따른 원인 감별진단	
저칼륨혈증 + 대사성 알칼리증 ● 고혈압 ● Aldo 증가: renin 억제시 primary aldo, renin도 증가시 renal artery stenosis ● Aldo 감소: Liddle&s syndrome, 감초(Licorice) ● 정상 혈압 ● Urine Cl<10: 구토, NG suction ● Urine Cl>20 ● urine Ca+ 증가시 (urine Ca/Cr>0.2) loop diuretics (furosemide), Bartter's syndrome ● urine Ca+ 감소시 thiazide, Gitelman's synd	**저칼로리라면서 알고 보니** (저칼륨혈증, 대사성 알칼리증) ● 고혈압 **알레리?** (알도 레날 리들) ● 정상 혈압 **염분보고 적으면** (Cl<10) **토하고, 많으면** (Cl>20) **푸드파이터하면 되지** 푸(furosemide)드 파(batter's)이터 하면 되 (thiazide)지(gitelman)
저나트륨혈증 + euvolemia ● Urine na>20: 부신기능저하, 갑상샘저하증, SIADH (항이뇨호르몬 부적절 분비 증후군), 약물	**유부녀 한약값 20 넘게 써** 유(euvolemia)부(부신기능저하)녀 한 (항이뇨=SIADH)약 (약물) 값 (갑상선저하증) 20 넘게 써 (urine na>20)

콩팥토리질환

암기법 총정리

육안적 혈뇨 일으키는 사구체신염: TBM, IgA, PSGN, Alport

- TBL A 받은 PS R4

콩팥증후군

- 혈뇨 O - FSGS, MPGN
- 혈뇨 X- MGN, amyloidosis, MCD, 당뇨병성신증
- 굳은살 박히도록 엠피쓰리 듣는 막나가는 아미당
  - 혈뇨 O- 굳은살 (FSGS) 박히도록 엠피쓰리 (MPGN) 듣는
  - 혈뇨 X- 막(MGN) 나가는 아미 (amyloidosis) 당 (당뇨)

MGN, PSGN : subepithelial / MPGN : subendothelial

- PS MG는 위에, MP는 아래
  - PS (성형외과), MG (소화기내과)는 위에 / MP (호흡기내과)는 아래 (endo)

HBV에 의한 이차성 사구체질환

- MGN = 보체 정상, MPGN = 보체 감소

보체 감소하는 사구체질환

- PSGN (대개 C3만 감소, 6-8주내 회복), SLE (C3, C4 같이 감소, 6-8주 후에도 회복 x), MPGN
- 3번 떨어지고도 PS 계속 지원하면 NP다
  - 3번 떨어지고도 (C3 감소) PS (PSGN SLE) 계속 지원하면 NP다 (MPGN)

치료법 총정리

	대증치료	ACEi/ARB	steroid	cytotoxic agents
MCD			1st	
MGN		1st	2nd Steroid + cyclosporine/ Cyclophosphamide/MMF	
FSGS			1st Steroid + cyclosporine	
PSGN	1st 염분/수분 제한 폐부종 -> Furosemide			
IgAN	경증-경과관찰	단백뇨 >500mg/day	2nd	3rd (add cyclophosphamide/MMF)
LN			1st Steroid + cyclophosphamide/ MMF	
MPGN	치료X			
RPGN	혈관염 치료			
Alport		1st		

무증상 세균뇨 치료 적응증 ● 임산부, 비뇨기과시술, 백혈구 감소, 신장이식 예정	임비백신
Struvite stone 치료 ● tetracycline	TR (sTRuvite, teTRacycline)

[05] 내분비 내과

이론	암기법
갑상선 항진증 동반환자 수술 전처지 ● propranolol (beta blocker) + 루골용액 (KI)+ 항갑상샘제 (PTU)+ T4 (Thyroxine)	**비루한 PT** 비 (BB) 루 (루골)한 P (PTU) T (T4)
경구혈당강하제 부작용 ● Sulfonylurea (Gli-) / Meglitinide (-glinide): 혈당 감소 ● GLP-1 Rc agonist (-tide): 체중감소 ● DPP-4 inhibitor (-gliptin) ● SGLT-2 inhibitor (-gliflozin): 체중감소, **요로감염**, **케톤산증**	● 저혈당 일으키는 약제: **서울쥐 메글리는 당떨어져 고통** 서울쥐 (SUG = SulfonylUrea 는 Gli~로 시작) 메글리 (Megli)는 당떨어져 (저혈당) 고(GLP-1)통(-tide) ● 체중감소 일으키는 약제: **살빠져도 단기 PT 서글퍼** 살 빠져도 단(DPP4)기 PT (~gliPTin) 서글 (SGLT2)퍼 (~gliFlozin)
인슐린 작용 시간 ● 초속효성 : Lispro, Glulisine, Aspart ● 속효성: Regular Insulin (RI) ● 중간형 (Normal): NPH ● 지속형 : Detemir, Glargine	● 초속효성: **LG AS는 초고속** ● 속효성 ● 중간형: **중간은 Normal** (NPH) ● 지속형: **DG게 길다**

<table>
<tr>
<td>
대사증후군 진단 (다음 중 3가지 이상 해당 시)
● 혈압 ≧ 130/85 mmHg
● 허리둘레: 남 ≧ 90 cm 여 ≧ 85cm
● HDL : 남 ≦ 40, 여 ≦ 50mg/dl
● 공복 혈당 ≧ 100 mg/dl
● 공복 triglyceride (TG) ≧ 150 mg/dl
</td>
<td>
숫자 암기 후 항목을 매칭해보자
<숫자> 130/85, 90/85, 40/50, 100, 150
● 130/85 (혈압 - 일단 외운다)
● 90/85 (허리둘레 - 일단 외운다)
● 앞에 숫자끼리 빼면 (130-90) 40 그리고 50 (HDL) 기준
● 50 2배는 100 (공복 혈당)
● 50 3배는 150 (공복 TG)
<항목> ㅎㅎㅎㅎ TG
혈압 허리둘레 HDL
(ㅎ ㅔ이치디엘) 혈당 TG
</td>
</tr>
<tr>
<td>
일차 부갑상샘항진증 수술 적응증
● 나이 age < 50
● 혈액 Ca > 11.5 mg/dL (정상+1)
● T score<-2.5 or 척추 골절
● Cr clearance < 60 or 결석
● 24시간 소변 Ca ≧ 400 mg
</td>
<td>
60 crocs 50
<table>
<tr><td>60Cr</td><td>Cr clearance < 60</td></tr>
<tr><td>O</td><td>osteoporosis, 척추 골절</td></tr>
<tr><td>C</td><td>24시간 소변 Ca ≧ 400 mg
혈액 Ca > 11.5 mg/dL (정상+1)</td></tr>
<tr><td>S</td><td>stone, 요로결석</td></tr>
<tr><td>50</td><td>age < 50</td></tr>
</table>
</td>
</tr>
</table>

[06] 감염 내과

이론	암기법
Aminoglycoside 계열 항생제 ● amikacin, gentamicin, tobramycin, kanamycin, streptomycin	aminoglycoside니까 amikacin, gentamicin 떠올리자 & '-mycin' [참고] 아래 macrolide인 '-thromycin'과 헷갈리지 말자
Macrolide 계열 항생제 ● erythromycin, clarithromycin, azithromycin	**거대해진 에리 아지매 클랐어요** 거대 (macro-lide)해진 에리 (erythromycin) 아지 (azithromycin)매 클랐 (clarithromycin)어요 '-thromycin'
혐기균 커버하는 항생제 ● beta lactam/beta lactamase inhibitor ● 2nd cepha: cefoxitin, cefotetan ● Carbapenem: imipenem, meropenem, ertapenem ● Clindamycin ● Metronidazole ● Moxifloxacin	**혐오스럽더라도 몹시 클린한 메트로 베라베라 외치는 둘째 카바쳐줘** 혐오스럽더라도.. (혐기균) 몹시 (moxifloxacin) 클린한 (clindamycin) 메트로 (metronidazole)에서 베라베라 (b-lactam/b-lactamase inhibitor) 외치는 둘째 (2nd cepha) 카바쳐줘 (carbapenem)

녹농균 커버하는 항생제 ● Carbapenem ● Aminoglycoside: tobramycin, gentamicin, amikacin ● Monobactam: aztreonam ● Polymyxin B: colistin ● Fluoroquinolone: ciprofloxacin, levofloxacin ● thiRd & 4th gen cepha: ceftazidime (3rd), cefoperazone (3rd), cefepime (4th) ● Extended spectrum penicillin: piperacillin/tazobactam	**초록색 브로콜리 먹으며 아미 혼자 풀로 안티 3-4명 카바쳐 피폐해** 초록색 (녹농균) 브로콜리 (colistin) 먹으며 아미 (aminoglycoside) 혼자 (mono-bactam) 풀로 (fluoroquinolone) 안티 3-4명 (3rd, 4th cepha) 카바쳐 (carbapenem) 피폐해 (piperacillin/tazobactam)
intracellular bacteria (세포 밖에서는 못사는 애들) 항생제 ● 단백질 합성 억제: macrolide (erythromycin, azithromycin), clindamycin, doxycycline ● 핵산 합성 억제: rifampin, quinolone	**집 안에만 있는 에리 아지매 독신이지만 클린하게 갖춰놓고 풀로사심** 집 안에만 있는 (intracellular) 에리 (erythromycin) 아지매 (azithromycin) 독신이지만 (doxycycline) 클린하게 (clindamycin) 갖춰놓고 풀로사심 (quinolone)
비염증성 설사 (잠복기 1~8시간) 원인균, 원인 식품 ● B. cereus (볶음밥, 비빔밥, 말린콩 (bean)) ● S. aureus (샐러드, 샌드위치, 김밥(sushi))	**BBB, SSS** BBB (볶음밥, 비빔밥, 말린콩 (bean)) SSS (샐러드, 샌드위치, 김밥 (sushi))

염증성 설사 (잠복기 > 16시간) 원인균 ● campylobacter (닭고기) ● Salmonella (비장티푸스성 살모넬라증/ 날계란) ● Shigella (이질 / 물설사 —> 혈액설사, 뒤무직) ● C.difficile ● V. parahaemolyticus (콜레라/ 해산물) ● EHEC (=장출혈대장균/ 소고기, 햄버거, HUS 유발)	**캠프가서 쌀 씻고 어렵게 팔아 피똥싼다** 캠프가서 (Campylobacter) 쌀 (salmonella) 씻고 (shigella) 어렵게 (c.difficile) 팔아 (parahaemolyticus) 피똥싼다 (EHEC)
공기매개 전파 질환 ● 홍역, 수두, SARS, Aspergillosis, 결핵	**홍수아 결혼** 홍 (홍역) 수 (수두) 아 (SARS, Aspergillosis) 결혼 (결핵)
거짓막 결장염 치료 ● Metronidazole: IV, PO ● Vancomycin: PO	**메트로니 다줘**(IV & PO 둘다), **vancomouth**(입으로만)
Neutropenic fever patient의 경험적 항생제 ● 항녹농균 (3-4명 커버쳐 피폐해) ± aminoglycoside ± vancomycin *vancomycin 적응증 ● 카테터 관련 감염 ● MRSA ● 저혈압 ● 그람 양성균 배양 ● 심장기능 저하	**호중이 초록색 옷입고 아미보러 반포간대 근데 반포 카대에서 멀어서 싫대. 저기 양심?** 호중이 (호중구 감소하는게 neutropenia)는 초록색 (항녹농균) 옷입고 아미 (aminoglycoside) 보러 반포 (vancomycin) 간대 vancomycin 적응증: 근데 반포 (vancomycin) 카대 (카테터)에서 멀어서 (MRSA) 싫대. 저기(저혈압) 양심(양성균, 심장)?

도관감염/ 카테터 반드시 제거 적응증 ● 카테터 삽입부위 발적 ● S.aureus 감염 ● 진균이나 그람음성균 감염 ● 2일 이상 항균제 치료 효과없음 ● 체내이식장치 감염	발사진 2장 발 (발적) 사 (S.aureus 감염) 진 (진균, 그람음성균) 2 (2일 이상 효과x) 장 (장치)
Clostridium perfringens에 의한 가스괴저 치료 ● 1st: Clindamycin + penicillin G	CP CP Clostridium Perfringens Clindamycin + Penicillin
비브리오 패혈증 치료 ● 1차: 3세대 cefa + Doxycycline ● 2차: fluoroquinolone (ciprofloxacin)	섹시퀸 섹(ceftriaxone, 3rd cepha) 시(doxycyline) 퀸(fluoroquinolone)
그람음성 성매개질환 (STD) 치료 ● 임균: Ceftriaxone (1st), cefixime (2nd) ● 클라미디아: doxycycline, erythromycin, Azithromycin	3번째 STD 걸린 독한 에리 아지매 3번째 (3rd cepha) STD 걸린 독한 (doxy) 에리 (ery) 아지매 (azi)
브루셀라증 치료 ● Streptomycin + doxycycline	strap the dog
묘소병 치료 ● Azithromycin	고양이 말고 강아지 고양이 (묘소병 특징: 고양이 울음소리) 말고 강아지 (azi~)

스피로헤타병 ● 종류: 매독, 재귀열, 라임병, 렙토스피라 ● 치료: penicillin, doxycycline	**스피드 모자라 (매재라) 그렙 PD가 이해해~** 스피드 (스피로헤타병) 매재라 (매독 재귀열 라임병) 그렙 (렙토스피라) PD (penicillin doxycycline)가 이해해
매독 검사법 ● Non-treponemal: RPR, VDRL ● Treponemal: FTA-Abs, TPHA	● Non-treponemal: 이름에 R이 들어감 ● Treponemal: 이름에 T가 들어감
라임병 치료 ● 피부: doxycycline ● 신경: ceftriaxone	피부 = derma-> doxycycline 신경 = cns-> ceftriaxone
리케차 미코플라즈마 ● 종류: 리케차, 쯔쯔가무시, 큐열, 미코플라즈마 ● 치료: Tetracycline, Doxycycline, chloramphenicol	**익쯔큐즈미 4마리 dog cat** 릭(익)쯔큐즈미 (리케차, 쯔쯔가무시, 큐열, 미코플라즈마) 4마리 (tetra-) dog (doxy-) ca t(chloram-)
HSV 감염 치료 ● Acyclovir, famciclovir, valaciclovir	**아씨밤바..** (Ac fam va)
CMV 감염 치료 ● Valganciclovir, Ganciclovir, Foscarnet ● 봉입체: owl eye 모양	**빨간 올빼미 포스봐** 빨간 (Valgan-) 올빼미 (owl eye) 포스봐 (fos-)

Aspergillus ● 예각으로 갈라진 균사 ● invasive aspergillosis 치료: Voriconazole, Amphotericin B	A 모양으로 기억 예각 (A 모양이 예각), Voriconazole (A를 뒤집으면 V), Amphotericin B
Cryptococcus ● Pulmonary: fluconazole ● CNS: amphotericin B+flucytosine	암실에서 빛나는 cryptococcus 암실 (ampho)에서 빛나는 (fluoro-> 형광)
말라리아 치료 ● Chloroquine sensitive (우리나라): Chloroquine (blood stage) + primaquine (liver stage 재발 막음) ● Chloroquine resistant: artemisinin/Artesunate (DOC) +- mefloquine ● Mefloquine resistant: Quinine + doxycycline (독시사이클린+ 퀴닌)	● Chloroquine sensitive (우리나라): **우리나라 프리마돈나** (prima-) **클라스** (chloro-) ● Chloroquine resistant: **메이플에서** (meflo-) **아르테미스가** (artemis-) **저항함** ● Mefloquine resistant: **독한** (doxy-) **퀸** (quin-)
톡소플라즈마증 ● 면역 저하시 치료제: pyrimethamine+ sulfadiazine (+leucovorin)	톡쏘는 피라미 설레 톡쏘는 (톡소플라즈마) 피라미 (pyri) 설레 (sul-, leu-)
요충증 ● 검사: 항문주위 셀로판테이프 도말법 ● 치료: Albendazole, mebendazole	테이프 = band (alBENDazole, meBENDazole)

여행 전 예방접종 ● 남미, 아프리카: 황열 필수 ● 사우디아라비아 (성지순례) 수막알균 필수 ● 인도, 동남아 등: 장티푸스, A형 간염 ● 개발도상국 모든 지역: A형 간염, 수두, MMR ● 난민보호소 봉사: 콜레라	● **남미, 아프리카는 정열 (황열)의 나라** ● **ㅅㅅㅅ**: 사우디아라비아, 성지순례, 수막알균 필수 ● **인도, 동남아 야간장터**: 야간(A간) 장터 (장티푸스) ● **개도국 홍수아** (개발도상국 홍역 = MMR, 수두, A (에아->아) 형 간염) ● **난민보호소 봉사하다 물똥싸며 고생** (콜레라 걸리면 물똥 나옴)
의료직 시작 시 예방접종 ● 검사 없이 접종: 인플루엔자, Tdap, MMR ● 항체 음성시만 접종: 수두, B형 간염	**병원 쪼랩들은 백일간 MR이나 수비해** 백일간 (백일해=Tdap) MR (MMR)이나 수비해 (수두, 비형간염)

[07] 류마티스 내과

<table>
<tr><th>이론</th><th>암기법</th></tr>
<tr><td colspan="2">항체
● SLE: anti-dsDNA (질병활성도), ANA, anti-Sm, anti-phospholipid Ab
● APS: lupus anticoagulant, anti-beta2 GPI, anti-cardiolipin Ab ABC
● Limited SSc: anti-centromere Ab 사지만 침범하니까 anti center
● Diffuse SSc: anti-topoisomerase-1 Ab, anti-RNA polymerase III
● DM/PM: anti-Jo 1 Ab DM 줘
● 쇼그렌: anti-Ro Ab 소(쇼)보로
● MPA, EGPA: p-ANCA 마피아 피
● GPA: c-ANCA GPA C학점</td></tr>
<tr><td colspan="2">Biologic DMARDs / 생물학적 제제
● TNF inhibitor: adalimumab, etanercept, golimumab,infliximab
● IL-1 receptor antagonist: anakinra
● IL-6 inhibitor: tocilizumab 6살은 토실토실
● Anti-cd20: rituximab 20세 리투아니아
● CTLA4 IG: abatercept 복붙한 (Ctrl C+V) 아바타 (abata)
● JAK inhibitor: tofacitinib, baricitinib</td></tr>
</table>

질환	NSAIDs	steroid	DMARD	Biologic DMARD	기타
SLE	mild	severe	임산부 관절염 (HCQ) Lupus nephritis (MMF, cyclophosphamide)		
SSc			ILD: cyclophosphamide		
IM (DM, PM)		1st	2nd (AZA, MTX)		
쇼그렌					pilocarpine
레이노					DHP-CCB
베체트		구강궤양	신경,안구증상 (AZA)	심한 장기침범	
혈관염		1st	± cyclophosphamide		
AS	1st			2nd	
반응성 관절염	1st		2nd		
RA	1st	1st	1st (MTX, Leflunomide, HCQ, sulfasalazine)	2nd	
OA	AAP 먼저 쓰고 2nd/ celecoxib 쓸수도				
Gout	콜히친 쓰고 2nd	3rd			
CPPD	1st				

anti-phospholipid syndrome (APS) 진단 ● lupus Anticoagulant, anti-beta2 GPI Ab, anticardiolipin Ab	ABC
육아종증 다발 혈관염 (GPA) 임상증상 ● 상기도 증상 (부비동염, 혈성 콧물) + 하부 호흡기 (폐침윤, 기침, 호흡곤란) +사구체신염 + c-ANCA	코피 흘리면서 눈 빨개질 때까지 공부했는데 GPA C나와 코피 흘리면서 눈 빨개질 때까지 (혈성콧물) 공부했는데 GPA c나와 (c-ANCA)
강직성 척추염 (AS) ● HLA-B27 ● 치료 ● NSAIDs (indomethacin, naproxen, celecoxib) ● 안되면 anti-TNFa (etancrcept, adalimumab, infliximab, certolizumab, golimumab)	아 SB... 27살밖에 안됐는데 등아파 슬프네. 대나무숲에도 글 올렸는데 티나나? A SB...27살밖에 (B27) 안됐는데 등아파 (척추염) 슬프네 (sad = nSAiD) 대나무숲 (bamboo spine)에도 글 올렸는데 티나나?(TNF)
급성 통풍 치료 ● colchicine → NSAIDs (나프록센) → steroid	발 아파 클나쓰 클나스 (콜히친, 나프록센, 스테로이드)

[08] 알레르기 내과

이론	암기법
두드러기 치료 약제 ● 2세대 H1 항히스타민제 (fexofenadine, cetirizine, loratadine, ebastine) ● 1세대 H1 항히스타민제 (hydroxyzine, chlorpheniramine, diphenhydramine)	**2세대: 팩스 세트로 놓으니까 에바** 팩스 (fexo-) 세트로 (cetiri-, lora-) 놓으니까 에바 (eba-) **1세대: 잠오는 하이클라스 디펜스** 잠오는 (졸림) 하이클라스 (hydro-, chlo-) 디펜스 (diphen-)
혈관부종 (bradykinin mediated) 증상: 눈 주변 & 입술, 손발 부종 치료 ● plasma derived / recombinant human C1INH ● icantibant 이칸티반트 (Bradykinin B2 receptor antagonist) ● ecallantide 에칼란티드 (Kallikrein inhibitor) 예방적 치료: stanozolol, danazol	**입술에 필러맞은 브레이브걸스 ICANT STAND** 입술에 필러맞은 (입술부종) 브레 (Bradykinin) 이(ecallantide)브걸스 ICANT (icantibant) STAND (stanozolol, danazol)

국소충혈 제거제 (alpha-adrenergic agent) ● pseudoephedrine, phenylephrine, naphazoline ● 코막힘에 효과적, but rebound 코막힘 유발	가짜팬나빠 코가 뻥 뚫리다 다시 막혀 가짜 (pseudo-) 팬 (phen-) 나빠 (napha-) 코가 뻥 뚫리다 다시 막혀 (rebound 코막힘)
pseudoallergy 원인 약제 ● NSAID ● aspirin ● 모르핀 ● 조영제	나 (NA) 약 모조? NSAID/ Aspirin/ 약물/ 모르핀/ 조영제

[Hypersensitivity reaction]

Type별 질환과 기전을 암기해야 한다.

AGST 즉시ID= 아재스타일은 즉시 ID를 달라고 해라!

TYPE 1	A	알레르기 질환+ AAAA	Anaphylaxis, Asthma, Allergy, urticariA	즉(즉시형)
TYPE 2	G	혈액 질환+GGGG	Graves, mG, Good pasture, pemphiGus	시(cytotoxic)
TYPE 3	S	류마, 신장 질환 +SSSS	SLE, Serum Sickness, Sㅑ구체신염 = Sam(3)형	I(immunologic)
TYPE 4	T	호흡기 등+ TTTT	TB, conTact dermatitis, TPL, Type 1 DM	D(delayed)

[09] 혈액내과 / 종양내과

이론	암기법
거대 적혈모구 빈혈 ● 코발라민 (cobalamin) 결핍: 신경증상	cobalamin → 줄이면 cbl → cerebellum → 신경계 증상
발작 야간 혈색소뇨증 (PNH) ● 치료: eculizumab	야간에 너구리(culi)
출혈성 질환 분류 ● aPTT만 증가 (intrinsic): factor 8,9 / heparin / 혈우병 A,B, 폰빌레브란트병 (vWD) ● PT만 증가 (extrinsic): factor 7 / warfarin ● aPTT, PT 둘다 증가 (common pathway): factor 5, 10 관여 // 간질환, DIC, 와파린, 비타민K 결핍증 ● aPTT, PT 모두 정상: 혈관 장애	● Intrinsic: 헤파리가 아파트 안팔고 핸드폰 한다 => 헤파리 (Heparin) 가 아파트 (aPTT) 안팔고 (intrinsic pathway = 안쪽, 8, 9) 핸드폰 (혈우병, 폰빌레브란트) 한다. ● Extrinsic: 세븐 오빠가 바깥에서 바람핀다 => 세븐 (factor 7) 오빠 (와파(린)) 바깥에서 (extrinsic) 바람핀다. ● Common pathway: 간디와 K (간질환, DIC, 와파린, 비타민 K 결핍증) ● 모두 정상: 다 정상이라 관심없어 (혈관장애)
HIT (heparin induced thrombocytopenia) ● 치료: argatroban	아르간 오일 히트다 아르간 (arga)오일 히트다 (HIT)
HUS (hemolytic uremic syndrome) triad ● 신기능장애, 용혈성 빈혈, 자반	신용자

TTP (Thrombotic thrombocytopenic purpura) pentad ● 신기능장애, 용혈성 빈혈, 자반, 의식장애, 발열	신용자의 발
APL (Acute promyelocytic leukemia) ● 관련 유전자: t(15;17); PML-RARa ● 치료: ATRA + anthracycline	PML- 라라 – 아트라 - 안쓰라-아프라 PML – 라라 (RARa) - 아트라 (ATRA) - 안쓰라(anthracycline) - 아프라 (APL)
CML (chronic myelocytic leukemia) ● 모든 단계 혈구 관찰 (호산구, 호염기구 꼭!) ● 치료: TKI = imatinib, bosutinib, nilotinib, dasatinib, ponatinib	뭐든 다 있는 이마트에서 보수적인 닐로가 사버린 포테이토칩 뭐든 다 있는 (모든 단계 혈구 관찰) 이마트 (imatinib)에서 보수적인 (bosu-) 닐로 (nilo-)가 다 사 (dasa-)버린 포테이토칩 (pona-)
비호지킨 림프종 (NHL) 항암제 ● R-CHOP: Rituximab, Cyclophosphamide, Hydroxydaunorubicin, Oncovin, Prednisone	BHC는 젓가락으로~ B: 비 H: 호지킨 C: 케모 젓가락: R-CHOP
호지킨 림프종 (HL) 치료 ● chemo (ABDO: Adriamycin, bleomycin, dacarbazine, oncovin) + radiation	한치 앞도 모르는 나라 한 (Han->HL) 치 앞도 (ABDO) 모르는 나라 (레디에이션)

종양용해 증후군 ● lab: P, Uric acid, Cr, K ● 치료: allopurinol, 수액, febuxostat, rasburicase	종양이 PUCK 하고 터진 알수 (없는) x case 알수 (allopurinol, 수액) X (febuxo-) case (rasburicase)

[항혈소판제 / 항응고제 / 혈전용해제의 적응증 & 금기]

<table>
<tr><th>종류</th><th>약물 이름</th><th colspan="2">적응증</th><th colspan="2">금기</th></tr>
<tr><td rowspan="2">항혈소판제
(Anti-platelet)</td><td>아스피린</td><td>stable angina,
뇌졸중
(급성기)</td><td rowspan="2">만성동맥폐색
NSTEMI/STEMI</td><td rowspan="2"></td><td rowspan="3">-심한 식도정맥류
-Plt<5만
-3일내 major surgery 예정
-급성 대량출혈</td></tr>
<tr><td>P2Y12 억제제
(clopidogrel,
prasugrel,
ticagrelor,
ticlopidine),

PDE 억제제
(cilostazol,
dipyridamole)</td><td></td></tr>
<tr><td>항응고제
(Anti-coagulant)</td><td>warfarin
NOAC
(dabigatran,
apixaban,
edoxaban),
heparin</td><td>a.fib
DVT
NSTEMI/STEMI
PTE (v/s stable)
뇌졸중
(재발성)</td><td rowspan="2">PTE (v/s unstable)</td><td>-간부전
-신부전
-임신, 출산 2일 내
-상대적: 뇌출혈 Hx, peptic ulcer</td></tr>
<tr><td>혈전용해제</td><td>tPA
(alteplase,
urokinase,
streptokinase)</td><td>뇌졸중</td><td colspan="2">뇌뇌 고대 피 2주수혈
-뇌출혈 Hx.
-1년 내 뇌경색
-고혈압>180/110
-대동맥 박리
-2주내 수술
-항혈전제복용 (heparin)</td></tr>
</table>

[10] 외과 총론

이론	암기법
수술환자 영양상태 평가 ● 알부민, 프리알부민, 트랜스페린 ● 체중, 삼두근 피부주름 두께 (피하지방량)	나는 알부민프리 트랜스지방~
창상 종류 ● clean (피부만 절개, 내강 (호흡기, 소화기, 비뇨생식기)이 열리지 않음): 뇌종양, 탈장복합술, 유방, 갑상샘	뇌탈유갑 => 네문제 탈로나와서 유감
동물 물림 치료 ● 치료: 고위험군은 Amoxicillin-clavulanate, or cephalosporin	암소한테 물리면 클나 암소 (amoxicillin) 에게 물리면 클나 (clavulanate)
[급성 수혈 부작용] - 먼저 발열 유무 / 그다음 Shock 유무로 암기 1. **발열!!** ● Shock 있으면 용혈성: 수혈 중단하고 IV fluid + diuretics ● Shock 없으면 비용혈성 발열성: 수혈 지속가능. 해열제. (아세트아미노펜, NSAIDs) (예방: 백혈구제거 혈액제제) 2. **발열 없음!!** ● Shock 있으면 비용혈 알레르기 (아나필락시스): 수혈 중단하고 Epinephrine (예방: 세척 농축적혈구) ● Shock 없고 발진+두드러기 있으면 비용혈 알레르기: 안티히스타민 주고 증상 완화시 재개 ● 호흡곤란 + 폐사진 이상: TRALI	

[기흉 종류별 치료 정리] - 가슴관 삽입 적응증을 따로 외워두면 편하다 !
이외의 긴일 (이차성, 외상성 치료 비슷, 의인성 긴장성 치료 비슷, 일차성은 따로)

일차성 기흉	<2cm & 무증상: 경과관찰 >2cm or 유증상: 가슴막천자 재발성 or >50%: 가슴관 삽입
이차성 기흉	가슴관 삽입
의인성 기흉	가슴막 천자 Ventilator 유발: 가슴관 삽입
외상성 기흉	가슴관 삽입
긴장성 기흉	즉각적 가슴막천자 (바늘감압) -> 가슴관 삽입

[11] 외과 각론

이론	암기법
유방암 ● BIRADS 4 이상은 조직검사 ● 예후: LCIS 보다 DCIS 가 더 예후 안 좋음, ILC보다 IDC가 더 예후 안 좋음	● (죽을) 4 이상은 조직검사 ● D 들어간게 더 예후 안좋음 (D=Dangerous)
여성형 유방 치료 ● anastazol, clomiphene, tamoxifen	아.. 내가슴 크다 아 (anastazol) 내가슴 (여성형 유방) 크 (clomiphene) 다 (tamoxifen)
유방암 수술 부작용 ● long thoracic n. 손상 시 winged scapula	긴 날개
항문질환 종류 ● 치열: 찢어짐. triad: anal pain, bleeding, constipation (ABC) ● 치루: 농양 ● 치핵: 외부에서 만져지는 덩이	● 치열: ABC 초콜릿 먹고 찢어져서 열림 ● 치루: 누(루)런 농양 ● 치핵: 핵 큰 덩어리
치핵 ● 3도: 손으로 넣어야 정복, 3도부터 수술 (수술적 치핵절제술)	3손수술
혈액담즙증 증상 triad ● 황달, 복통 (상복부), 출혈 (상부위장관)	황복출

<table>
<tr><td>선천성 경부 종괴
● Midline: thyroglossal duct cyst (가운데), dermoid cyst (밑)
● Lateral: SCM 앞은 branchial cyst cleft (새열낭종), 뒤는 cystic hygroma</td><td>중앙선 (위->아래) / SCM(앞->뒤) 순서대로
테디베어 바이
테 (thyroglossal duct cyst)
디 (dermoid cyst)
베 (branchial cyst cleft) 어바
이 (hygroma)</td></tr>
<tr><td>항문막힘증 (쇄항)
● 저위형보다 고위형이 더 위험</td><td>고위형이 고위험</td></tr>
<tr><td colspan="2">[양성 유방 종양 정리]
● 섬유선종: 젊은 나이 + 잘움직이고 경계명확 + 단단 원형 종괴
● 엽상 종양: 아줌마 + 빠르게 자라는 종괴 + 초음파 상 낭성 구조
● 유방 낭종: 월경전 커짐
● 섬유 낭성변화: 월경전 주기적 유방통 + 압통 + 결절
● 유방내 지방괴사: 유방 외상 + spiculated mass
● 관내 유두종: 혈성 분비물 + 단일 유두관 + 유륜하부 종괴
● 젖낭종: 수유력 + 회백색 액체 흡인
● 유방고름집/ 농양: 수유력 + 유방통 + 발적 + 발열</td></tr>
<tr><td colspan="2">[소화기 수술 후 구토 시 감별진단]
● 위절제술 후, 비담즙성 구토-> 지연위배출
● Billroth II 후, 담즙성 구토 -> 구토 후 증상 호전?
O -> 수입각 증후군 (들창자 증후군)
X -> 알칼리 역류성 위염</td></tr>
</table>

[12] 산과

이론	암기법
Quadruple test: hCG, E3, MSAFP, inhibin	HEMI
활성기 정지 진단 ● 자궁목 확장 (dilatation)정지 : >2시간 ● 아두 하강 (descent) 정지: >1시간	이 느림(늘임)보야 내일 당장 그만둬 ● 이(2hr) 늘임(dila.)보야 ● 내(descent)일(1hr) 당장 그만둬
견갑난산 ● 질식분만 중 태아의 어깨가 나온 상태 ● 처치: McRoberts 수기	어깨가 단단한 로봇 (Robert)
PROM ● 즉각분만 적응증: 산통, 태아곤란, 감염 (융모양막염)	분만해야되서 통 난(란)감 통: 산통 란: 태아곤란 감: 감염 (융모양막염)
과숙임신 ● 유도분만 적응증: 산모고혈압, 양수과소증, 태동 감소	푹 익은 고수 태워 푹 익은 (과숙) 고수 태워 (고혈압 양수 태동감소)
유산 ● 태아 생존 자궁경부 닫힘: 절박유산 자궁경부 열림: 불가피 유산 ● 태아 사망 자궁경부 닫힘: 계류유산	● 살았는데 피나고 문닫혀 절박해, 열불나 (경부 닫힌 절박유산, 경부 열린 불가피유산 나이트라진 테스트) ● 죽었으니 문닫게.. (경부 닫힌 계류유산

반복 자연유산 ● 검사: 항인지질항체, 항카디오리핀항체, lupus anticoagulant test, 부부핵형검사	**잉카루 여행간 부부** 잉 (인지질항체) 카 (카디오리핀) 루 (lupus) 여행간 부부 (부부핵형검사)
전자간증 진단 기준: 1이면서 2 또는 3 1. 임신 고혈압 (HBP) 2. 단백뇨 (Proteinuria) 3. 전신증상: 다음 중 하나 이상 만족 ● AST/ALT >정상치 2배 (80~100) ● Cr> 1.1 or 2배 ● CNS: 두통, 시력/시야장애, 경련 ● Pul. Edema ● PLT< 10만	**ABCCPPP** AST/ALT BP Cr CNS Proteinuria Pul edema Plt
분만 후 출혈 원인 (1차성) ● 산도열상, 산후혈종, 자궁이완증, 자궁내번증	**열혈이내**
자궁내번증 ● 치료: 리토드린 -> 도수정복 -> 옥시토신	물렁물렁하게 늘려서 (리토드린-이완유발) 손으로 정복한 후 조이자 (옥시토신-수축유발)!
태반유착부위 퇴축부전 ● 치료: 크기 작으면 자궁수축제 (옥시토신, 에르그노빈), 크면 소파술	**퇴축당해서 (감)옥에소**
임신 입덧 ● 치료: 독실아민 + 피리독신 ● 베르니케 뇌증 동반시: 티아민	**입덧하면 독실한 신자는 (티)아멘** 독실: 독실아민, 피리독신

[분만 적응증 정리]

->표 암기법: 위에서부터 - 조기에 PROM 간 F양 비밀번호 486

			주수	분만	베타메타손	항생제	자궁수축억제제	즉시 분만!!
조기	0	**조기산통** *분만기준 없음*	<34	X	0		0	산통, 태아곤란, 감염
			>=34	X		0		
PROM	4	**PROM** *34주부터 분만*	<34	X	0	0		
			34~37	0		0		
			>=37	0				
F	8	**FGR** *38주부터 분만*	<34	X	0			reversed
			34~38	X				양수과소증, reversed, absent
			>=38	0				
양	6	**양수과소증** *36주부터 분만 (권장)*	<36	X				
			>=36	0				

[13] 부인과

이론	암기법
경구 피임약 금기 ● 관상동맥질환의 위험요소: 고령, 흡연, 당뇨, 고혈압, 이상지질혈증 *35세 이상 흡연자 (>=15개비), TG high, SBP>=160 or DBP >=100 ● 정맥혈전색전증 ● 혈관합병증 있는 당뇨 ● 뇌졸중 과거력 ● 현성간질환 (간경화/간암) ● 유방암/자궁내막암 과거력, 확실히 진단되지 않은 비정상 자궁출혈	고당간지 + 흡혈 + 과거 뇌자유 고당간지 (고령, 당뇨, 간질환, 이상지질혈증) + 흡혈 (흡연, 혈전) + 과거 뇌자유 (뇌졸중, 자궁내막암, 유방암)
불임 / 생리주기에 따른 검사법 ● MCD 3: 기저호르몬수치 (FSH, LH) ● MCD 6~13: 자궁난관조영술 (=HSG) ● MCD 14: LH surge, 자궁경관점액검사, 성교후검사 (PCT) ● MCD 21~23: 황체호르몬 (P) ● MCD 24~28: 자궁내막조직검사	● MCD 3: 기저니까 제일 먼저 ● MCD 6~13: 자궁이 제일 깨끗할 때 (생리 끝난 직후라서) ● MCD 14: 배란 시기에 정자 잘 이동하는지 ● MCD 24~28: 자궁벽이 빵빵할때
트리코노마스 질염 ● 증상: strawberry cervix ● 치료: metronidazole PO, 파트너도 치료	TTTT Tricho=sTrawberry=meTro~=parTner

<table>
<tr>
<td>골반염 (PID) 치료
● 3세대 cefa + (doxy or azi), 파트너도 치료</td>
<td>피드엔 3살과 독한 아지매
피드 (PID) 엔
3살과 (3세대 cepha)
독한 (doxy-)
아지매 (azithro-)</td>
</tr>
<tr>
<td>외음부 성기궤양 치료
● 연성하감: Azithromycin, ceftriaxone
● 매독: Benzathine penicillin G IM
● 단순포진: Acyclovir</td>
<td><table><tr><td>연</td><td>azithromycin, 3rd cephalosporin</td></tr><tr><td>매</td><td>benzathine penicillin</td></tr><tr><td>단</td><td>acyclovir</td></tr></table>연매단 강아지 3마리 밴 아씨
(연성하감 매독 단순포진 azi 3rd cepha / benzathine / acyclovir)</td>
</tr>
<tr>
<td>PCOS 불임 치료
● 클로미펜 (선택적 에스트로겐 수용체 조절제) (+메트포민) (TOC)
● 레트로졸 (방향화효소억제제)</td>
<td>메리지 하고 아이 키을(클)레,,
메리지 (메트로졸)
하고 아이 키을 (클로미펜) 레 (레트로졸)</td>
</tr>
<tr>
<td>일차성 무월경 중 hypergonadotrophic hypogonadism 원인
● 고생식샘자극호르몬 생식샘저하증 (FSH 증가)
● 5a reductase 결핍증
● 난소 이상
● 조기난소부전
● 스와이어증후군
● 터너 증후군</td>
<td>5조스터(디)
5a reductase,
조기난소부전
스와이어, 터너</td>
</tr>
</table>

자궁내막증 치료 ● progestin (디에노게스트) ● gestrinone ● danazol ● GnRH agonist (생식샘자극호르몬 방출호르몬 작용제) ● OC	빵구똥구 (PGDG) 오씨 (OC)!! 빵: P (progestin) 구: G (GnRH agonist) 똥: D (danazol) 구: G (gestrinone) 오씨: OC
자궁샘근육증 내과적 약물 치료 ● P (미레나- 레보노게스트렐 분비 자궁내장치), GnRH agonist ● NSAIDs, OC	미군 NO 미 (미레나) 군 (GnRH agonist) N (NSAID) O (OC)

[일차성 무월경 원인]
안유(진)/음유(시인) 머리칼/ 음료는 자스민차 5잔

- 유방만 있으면 androgen insensitivity (안유진)
- 음모 + 유방이면 MRKH (음유시인 머리칼)
- 음모만 있으면
  1) 자궁 있으면 스와이어, (자스)
  2) 자궁 없으면 5-alpha reductase (5잔)

[자궁경부 상피내종양(CIN) 정리]
비정상 pap smear 시 추가 검사

- ASC-US: pap smear f/u (4-6개월마다, HPV test도 같이)
- ASC-H, LSIL: colpo-> cervical bx. (임산부는 colpo까지만?)
- HSIL: colpo -> cervical bx. + ECC
- AGC (AGUS): colpo-> cervical bx. + ECC + endometrial bx. (35세 이상)+ HPV test

비정상 biopsy 시 추가검사

- CIN1: 6~12개월 간격으로 경과관찰 (2년 이상 지속시 ablative therapy 가능)
- CIN2-3:
  - ECC (-): biopsy 하면서 관찰 or ablative therapy (국소파괴)
  - ECC (+): conization (원뿔절제)
- Microinvasive cancer: conization
- Invasive cancer: surgical staging

[임산부 자궁경부암 진단 시 치료]

치료 요약

- Stage 1A ~ 2A: 분만 후 치료
- Stage 2B ~4: 유산 각오하고 바로 치료 (RT)

자세히

- 1A1, LVSI (-): 만삭 분만 후 conization
- IA1, LVSI (+) ~ IIA: 34주 (태아 폐성숙) 이후 C-sec → 근치자궁절제술 + PLND
- IIB ~ IV: RTx

예외) 나머지 일반 자궁경부암 치료와 동일

[14] 소아과 총론 / 각론

이론	암기법
다운증후군 시 필요한 검사 ● 검사: 심초음파, 청력, 갑상선 기능검사, 안과 검사, 목뼈 측면 X선 검사	아름다운 심청이 갑자기 눈 안보인다니 목아프게 울어
두개외 손상 ● periosteum 밖- 봉합선 넘음: 산류, 모상건막밑출혈 ● periosteum 안- 봉합선 안넘음: 머리혈종	산모 (산류, 모상~)는 넘어가

소아과 각론	
볼거리 합병증 ● 뇌수막염 (m/c) ● 췌장염(amylase, lipase 동시 측정) ● 고환염/부고환염, 난소염	볼은 내가 최고
수두 Acyclovir 치료적응증 ● 아스피린 사용자 ● 가족내 전파된 수두 ● Corticosteroid 사용자 ● 접종력 없는 13세 이상 ● 만성피부질환/ 폐질환 ● 폐렴, 심한 감염, 혈소판 감소증, 뇌염 등 진행성 수두의 징후	아가 코 13번 풀고 피폐 아가 (아스피린 가족내 전파) 코 (코르티코스테로이드) 13번 (13세 이상) 풀고 피폐 (피부질환, 폐질환)
백일해 치료 ● 격리 & erythromycin ● 신생아: azithromycin	그래도 젤 힘든 건 신생아지
크룹 치료 ● 흡입 epinephrine: mod~severe ● 스테로이드 (흡입 부데소니드, 경구 덱사메타손)	에스크 에피 스테로이드 크룹

무해성 심잡음 ● 정맥 잡음: 지속성 - 위치: 복장뼈 왼쪽 위 - 목에서 경정맥을 따라 들림. 바람 소리 - 목 자세 바꾸면 변함. ● 생리적 폐동맥 분지 협착: 수축기 - 위치: 좌측 흉골연 상부, 양쪽 폐와 등으로 전달 ● 스틸 잡음: 수축기 - 위치: 좌측 흉골연 중간부 ~ 심첨부 사이 - 누웠을 때 잘 들리고 서면 안 들림	**정생스** ㅈ으로 시작하는 정맥만 지속성
동맥관 열림증 (PDA, patent ductus arteriosus) ● 심잡음: 지속성 기계양 심잡음 (미숙아는 수축기) ● 심잡음 위치: 흉골 좌상연 ● 치료: indomethacin, ibuprofen	**지속적으로 인도에 간 PD** (지속성 심잡음, 인도메타신, PDA)
체디악 히가시 증후군 ● 백색증, 신경증 ● 중성구 탈과립 이상→ 유핵세포 내 거대과립 ● 치료: 아스코르브산 (Vitamin C)	**체히시** 체: 차다 → 신경증 히: 희다 → 백색증 시: 시다 → 비타민C

신경모세포종 Neuroblastoma ● 증상: - 복부덩이 (중앙선 넘을 수 있음) - Mass effect: 호흡곤란, 빈뇨 ● 전이 - 골수 전이: 빈혈, 출혈, 멍, pancytopenia BM - 골 전이: 골, 관절통, 보행 장애	neuroBlastoma: Bone marrow 전이 이름이 길어서 중앙선 잘 넘음
윌름 종양 Wilm nephroblastoma ● 전이: - 폐(lung) (chest CT 반드시) - 간(liver)	WiLm = Liver Lung

[15] 정신과

이론	암기법
시상하부 기능 ● 섭식행위, 성행위, 수면-각성주기	ㅅㅅㅅㅅ (시상하부, 식욕, 성욕, 수면욕)
비정형 항정신병약물 ● 체중증가 부작용 O: 클로자핀, 올란자핀, 퀘티아핀, 리스페리돈 ● 체중증가 부작용 X: 아리피프라, 지프라시돈	체중증가 O: **산타클로스 올라프 퀴카는 뚱뚱해도 리스펙** 체중증가 X: **날씬한 알집**
고역가 정형 항정신병약물 부작용 ● 정좌불능증 (akathisia) 치료: beta blocker, clonidine, benzodiazepine ● 신경이완제 악성증후군 치료: dantrolene, dopamine agonist (bromocriptine)	**a=bcd** a (akathisia) b (beta blocker) c (clonidine) d (benzodiazepine) **악성은 dangerous bro** 악성은 (악성증후군) dangerous (dantrolene) bro (bromocriptine)
항조증약물 ● lithium, carbamazepine, lamotrigine, valproate	**기분이 차분해지는 4 Leaf CLoVer** 기분이 차분해지는 (항조증) 4 Leaf (lithium) CloVer (Carbamazepine, Lamotrigine, Valproate)

SSRI ● 종류: 플루옥세틴, 에스시탈로프람, 파록세틴, 서트랄린 ● 부작용: stomach upset, sexual dysfunction, serotonin syndrome, suicidal	● 종류: 플루 걸려서 에스파 콘서트 못가서 우울 플루 (플루옥세틴) 걸려서 에스파 (에스시탈로프람, 파록세틴) 콘서트 (서트랄린) 못가서 우울 (항우울제) ● 부작용: SSSS Stomach upset Sexual dyysfunction Serotonin syndrome Suicidal
TCA ● 부작용: thrombocytopenia, cardiac, anticholinergics, sexual dysfunction	TCAS Thrombocytopenia Cardiac Anticholinergics Sexual dysfunction
섬망 치료 ● 치료: 쿼티아핀, 올란자핀, 할로페리돌 (심하게 흥분 시)	섬에 사는 쿼카와 올라프랑 할로 섬에(섬망) 사는 쿼카와 (쿼티아핀) 올라프랑 (올란자핀) 할로 (할로페리돌)
루이소체 치매 ● 증상: 수면장애, 환시, 파킨슨 증상	루이 자다가 환슨(승) 못함 루이 (루이소체 치매) 자다가 (수면장애) 환슨 (환시, 파킨슨 증상) 못함

알코올 금단 섬망 ● 치료: BDZ (클로르디아제폭사이드, 로라제팜), 할로페리돌 ● 증상: 지남력 X	**술 끊은 클라라 섬망걸려서 가족한테 할로 못함** 술 끊은 (알코올 금단) 클라라 (클로르디아제폭사이드) 섬망걸려서 가족한테 (지남력x) 할로 (할로페리돌) 못함
니코틴 중독 치료 ● 부프로피온 ● 바레니클린	**부모님이 담배 끊길 바레** 부모님이 (부프로피온) 담배 끊길 (니코틴 중독 치료) 바레 (바레니클린)
아편유사제 중독 ● 날록손/날트렉손 ● 메타돈	**아날로그 메타몽** 아날로그 (아편유사제, 날록손) 메타몽 (메타돈)
기면증 ● 주간졸림증 치료: 메틸페니데이트, 모다피닐	**낮에 졸리니까 할일 메모** 낮에 졸리니까 (주간졸림증) 할 일 메모 (메틸페니데이트, 모다피닐)

ADHD ● ADHD+틱: 아토목세틴, 클로니딘, 구안파신 ● ADHD+공격적 행동 / 자폐스펙트럼장애/ 뚜렛 (음성틱+운동틱): 할로페리돌, 아리피프라졸, 리스페리돈 ● ADHD+지적장애: 펜플루라민, 리스페리돈	● ADHD+틱: **아동이 틱틱거리며 "아 티클모아토파산"** ● ADHD+공격적 행동: **애가 다른애 잡아 페뚜, 어린이집 인사드리고 리스펙** => 애가 다른애 잡아 페뚜 (공격적행동 자폐 뚜렛), 어린이집 (아리피) 인사드리고 (할로) 리스펙 ● ADHD+지적장애: **지적인 펜팔 리스펙** (지적장애 펜플루라민 리스페리돈)
이별불안장애 ● 치료: 이미프라민	**이미 불안해**

[16] 마이너

이론	암기법
신경과	
ACA (Anterior cerebral artery, 전대뇌동맥) 경색 ● 증상: 다리마비, 요실금	**에이씨~발 오줌지림** 에이씨 (ACA) 발 (다리마비) 오줌지림 (요실금)
Wallenberg syndrome (lat. medullary syndrome, 외측연수경색) ● 위치: Vertebral a. PICA(Posterior inferior cerebral artery, 후하소뇌동맥) 경색 ● 증상: 동측 안면감각 마비, 동측 호너증후군 (안검하수, 축동, 발한장애), 반대 감각소실 (온도, 통증)	**피카츄가 동안인 동호에게 반감가짐** 피카츄가 (PICA) 동안인 (동측 안면감각 마비) 동호에게 (동측 호너증후군) 반감가짐 (반대 감각소실)
중증근무력증 치료 ● Cholinesterase inhibitor : neostigmine, pyridostigmine / 안되면 azathioprine	**무력한 스티브 아자** 무력한 (중증근무력증) 스티브 (-stigmine) 아자 (azathioprine)

소아 뇌전증 증후군 치료 ● 영아 연축: ACTH, vigabatrin ● 양성 롤란딕 (Rolandic) 뇌전증: 중심측두엽 극파/ carbamazepine ● 결신 발작= 소아기 소발작 뇌전증: 3hz / ethosuximide ● 청소년 (juvenile) 근간대 뇌전증: valproic acid	영아 RC 3교시에 또 결석하다 제발 일찍 와 영AH (영아연축, ActH) RC (RolandiC, Carbamazepine) 3교시 (3Hz) 에 또 (ethosuximide) 결석하다 (결신발작) 제발 (jv = juvenile, valproic) 일찍 와
편두통 ● 급성기 치료 - (수마,졸미)트립탄 - NSAIDs (ibuprofen, aspirin) - 에르고타민 ● 예방적 치료 - 토피라메이트, valporate - 플루나리진 (칼슘길항제) - 아미트립틸린 (TCA) - 프로프라놀롤	● 급성기: **급하게 숨참고 졸라 쎄게 에취** => 급하게 수ㅁ참고 (수마트립탄) 졸라 (졸미트립탄) 쎄게 (NSAIDs) 에취 (에르고타민) ● 예방적: **평소에 하는 토플공부 머리아프** => 평소에 하는 토플공부 (토피라메이트, 플루나리진) 머리 아프 (아미트립틸린, 프로프라놀롤)

군발두통 증상 ● 자율 신경 Sx (결막충혈, 눈물, 코막힘, 콧물, 땀) & 심한 두통 군발두통 치료 ● 100% 산소흡입 ● 수마 (졸미) 트립탄 피하주사 ● CCB (verapamil), lithium	**방탄 피땀눈물~ 내차가운 숨을~** 방탄 팬은 army (군=> 군발두통) 피땀눈물 (결막충혈, 땀, 눈물) 내차가운 숨을 (산소, 수마트립탄)
피부과	
지루성 피부염 ● 치료: 셀레늄설파이드, 케토코나졸	**지루하면 설레게 카톡**
결절 홍반 erythema nodosum ● 원인: 감염 (streptococcus), 약물 ● 호발연령: 2-30대 ● 증상: 압통 동반하는 다수의 홍반, 다리의 앞, 바깥쪽 ● 검사: 조직검사 (경결 홍반, 베체트 등 감별 위해) ● 치료: 원인 찾고 치료, 대증요법 경결 홍반 erythema induratum ● 원인: 결핵 ● 호발연령: 중년 여성 ● 증상: 압통 동반하는 결절, 지방 괴사, 다리 뒤쪽 ● 치료: 항결핵제	경결 & 결절 둘다 공통되는 단어 "결" 경결은 결이 뒤에 있으니까 다리 뒤쪽 결절은 결이 앞에 있으니까 다리 앞쪽

옴 scabies ● 증상: 밤에 심해지는 가려움증, 주변 사람 같은 증상, 요양시설 과거력, 특징적 피부소견 ● 소견: 옴진드기 굴 (5mm 크기, 회색 선상), 주로 손가락 사이, 손목 안쪽, 성기 (사타구니) ● 진단: 굴잉크검사, 미네랄오일법 (미네랄 오일을 굴 위에 떨어뜨린 후 각질세포 모아서 현미경으로 관찰 ● 치료: 퍼메트린 연고	**요양옴 ㅇㅇ 굴에서 퍼내** 요양옴 (요양병원) ㅇㅇ (잉크검사 오일법) 굴에서 (옴진드기굴) 퍼내 (퍼메트린)
비뇨기과	
양성 전립선 비대증 ● PSA 증가 ● 치료: 알파차단제 (tamsulosin, terazosin), finasteride	**PSA 올랐으니까 술 안마시고 조신하게 있어야..** 술 (sul) 안 마시고 조신 (zosin)하게
요산석 ● 치료: 소변 알칼리화해서 녹이는 용해요법 - 구연산칼륨, 중탄산염	**ㅇㅅ ㅇㅅ** (요산 구연산)
응급의학과	
사고와 중독 ● 구토, 위세척: 1시간 이내, 금기: 부식성 물질 ● 활성탄 경구투여: 4시간 이내	**1위 사탄** 1시간 이내 위세척 4시간 활성탄

[17] 예방의학

이론	암기법
건강 모형 ● 역학적 모형: 병인, 숙주요인, 환경요인 ● 사회생태적 모형: 개인행태, 숙주요인, 환경요인 ● 전인적 모형: 환경, 생활습관, 생물학적 특성, 보건의료체계	● 병숙환 ● 행숙환 ● 환생생보
건강 위해성 평가 단계 ● 위험성 확인 ● 용량-반응 평가 ● 노출평가 ● 위해도 결정	확 용출해 (확인 / 용량 / 노출 / 위해도)
건강 믿음 모형 ● 가능성 ● 심각성 ● 이익 ● 장애요인 ● 행동 계기	가심(슴)이애기

오염 물질

대기 오염

물질	임상증상 / 특징	원인
아황산가스 SO2	천식 악화, 점막 자극 / 상기도	런던 스모그 런던 황치즈스콘 천원 (런던스모그 아황산가스 천식악화)
질소산화물 NOx	호흡기 증상 (기침, 호흡곤란) / 하기도 고농도 NO2-> 급성 폐부종	자동차 배기가스
일산화탄소	카복시헤모글로빈 측정	석탄, 디젤
오존	천식 악화 오후 3시경에 최대치 이상고온과 상호작용	*레이저프린터도 오라이 (오존 레이저프린터)

실내 공기오염

물질	질환	원인
석면	석면폐증	단열재
포름알데히드	비인두암	새집증후군 허름 (포름) 했던 집을 공사해 새집으로
라돈	폐암	건물 균열, 토양, 지하수 틈으로 폐라 (틈=균열, 폐암, 라돈)

중금속

물질	증상	치료	검출 환경	암기법
납	납창백/ 용혈성 빈혈 잇몸 납선, coproporphyrinuria 호염기성 적혈구 신장근 마비 -> 손처짐	BAL (dimercaprol) **발수비 납뱃** (BAL은 수은, 비소, 납 치료제)	중금속, 도자기, 축전지, 자동차/비행기 부품	**납중독 좀비** (좀비같이 잇몸 까맣고, 창백하고, 근육 마비됨)
수은	미나마타병 잇몸염, 신경과민증, 혀/ 입술 진전 (떨림) 단백뇨	BAL	온도계, 형광등, 살충제, 오염된 어패류	**은수 잇몸과 발 신경쓰여 떨리고 먹나마나** 은수 (수은) 잇몸과 (잇몸염) 발 (BAL) 신경쓰여 떨리고 (진전) 먹나마나(미나마타)
카드뮴	이타이이타이병 저분자량 단백뇨 골연화증 폐렴, 폐암 **담백한 가수** (단백뇨는 카드뮴 수은)		배터리	**카드로 소르베** (소변 b2, lung bone battery) **이빠이** (이타이이타이)
크롬	비중격의 부식과 출혈, 천공, 피부궤양, 천식, 폐암		도금, 염색	**염색하고 코뚫은 크롱** (유발인자 염색, 천공) **크롬은 부자** (도금) **천왕** (천식 폐암)
비소	말초신경염 피부장애,	BAL	반도체공장, 전자제품,	**손끝 저리는** (말초신경염) **반전**

	폐암/방광암/피부암		목제가공	반도체 공장, 전자제품) **혁신에**(노르말헥산) **미소**(비소)
망간	가면양 얼굴, 신경계증상 (파킨슨양 증후군) 폐렴		용접	**망가진 얼굴엔** **파란색 금속 가면** (파킨슨, 가면양)
베릴륨	마른기침, 숨참 폐렴, 폐암		우주항공	**폐베릴라** (폐렴/폐암, 베릴륨) **우주로 보내버려**
알루미늄	뼈, 뇌에 독성		알루미늄 제련, 캔, 페인트	ABC Al Bone/brain Can (페인트)
니켈	접촉성 피부염, 폐암		도금작업	

유기용제

원인물질	검출 물질	증상	치료	검출 환경	암기법
벤젠	페놀	조혈장애			**벤(Phen)ol** **벤젠 적혈구닮음** (=> 조혈장애 연상)
이황화탄소	TTCA	신경증상 관상동맥질환			**이(2)황화탄소** **TT(T가 2개)CA** **황 = S = 신경**
노르말 헥산	2,5-헥산디온	말초신경염 (손끝저림)		접착제	**손끝 저리는 혁신** (헥산)

스티렌	만델산				
톨루엔	마뇨산	점막자극			마뇨톨 => 만니톨 (Mannitol) -> mucosa
크실렌	메틸마뇨산				
트리클로로에틸렌	신경계, SJS			금속세척, 드라이클리닝	ㅋㅋ SSS Cl(클로로)- 클리닝- 세척- 신경- SJS
메탄올		시야장애, 어지러움	에탄올	냉각제	**안경껴야 보이는** (시야장애) **멀미나는** (어지러움) **메타버스** (에탄올)

[18] 의료법규

[기관 역할 총정리]

경찰서장

- 변사체 신고
- 마약류 실종 시 서류 발행

대한의사협회장

- 보수교육 유예 신청

보건복지부장관 (1짱)

의료인 응급 혈액 = 의료기관 인증/ 응급의료센터 지정/ 부적격 혈액

- 의료기관 인증 (4년마다)
- 중앙/권역/전문 응급의료센터 지정
- 부적격 혈액 폐기처분 결과
- 면허받은 후 실태와 취업상황 신고 (3년마다)
- 의료인 국가고시 응시 제한 (3회까지)
- 의료인 면허증 발급 /재발급 (취소된건 도지사 거쳐)
- 보건의료발전계획, 보건의료실태조사

시/도지사 (2짱) 지응 쎈(센터) 형부(혈액부작용) 이(2)마도 병개

= 지역응급센터/ 혈액부작용/ 2짱/ 마약류도매/병원개설

- 병원급 의료기관 개설 허가/ 명칭변경
- 지역 응급의료센터 지정
- 마약: 마약류관리자, 마약류도매업자 허가 및 지정 / 마약류 재해로 인한 상실 시 서류 발행 / 마약류 반품, 폐기
- 마약 중독자 치료 목적으로 마약 투약시 허가 (보건복지부장관도 가능)
- 사고 마약류 서류 접수처 (병원급)
- 특정수혈부작용 발생시 의료기관 소재지 보건소장을 거친 후

시장/군수/구청장 (3짱)

대방의 개 세(3)마리 휴.. = 대마/ 의원급 개설/ 3짱/ 병, 의원 휴업

- 의원급 의료기관 개설 신고/ 명칭변경
- (병원&의원) 폐업, 휴업 신고
- 사고 마약류 서류 접추처 (의원급)
- 대마재배자 허가 및 지정
- 진단용 방사선 발생장치 설치
- 지역 응급의료기관 지정

보건복지부장관 or 시장/군수/구청장

- 의료광고 시정 요청
- 개설 허가 취소

보건소장

봉사부오면(봉사, 부작용) 애인(에이즈 감염인) 보장 (보건소장)해줄게, 기록(진료기록부)해!

- 해당 지역 봉사활동/진료활동 신청
- 특정수혈부작용 발생 (의료기관 소재지)
- 폐업 휴업 신고시 진료기록부 / 진료기록부 보관계획서 제출
- 에이즈: 감염인 진단 / 사체 검안/ 사망
- 감염병 관리

질병관리청장

감금해 (감염, 검역, ㅎ+에이즈=학술/혈액/확인) ~ 예이(예방접종 이상반응)~

- 감염병 관리
- 검역관리 기본계획 수립
- 에이즈: 학술연구/혈액검사로 발견
- 에이즈 확인검사 (보건환경연구원장, 확인검사기관의 장)
- 예방접종 이상반응신고(혹은 이상반응자 소재지 관할 보건소장)

대한의사회
- 의료광고 심의

건강보험심사평가원장
- 응급의료비 미수금 지급 청구
- 요양기관이 요양급여비용 등에 대한 심평원 처분에 이의신청

건강보험분쟁조정위원회
- 요양기관이 요양급여비용 등에 대한 이의신청 결과에 불복시

지방식품의약품안전처장
(지식의안전) 지식의 안정을 주는 "재수학원" (제조, 수출입, 학술, 원료)
- 사고마약류 서류 제출
- 마약류제조업자, 마약류수출입업자, 마약류원료사용자 허가
- 마약류취급학술연구자 허가
- 마약류 양도 승인

이론	암기법
조사 및 계획 ● 보건의료발전계획, 보건의료실태조사, 국민건강증진종합계획, 국민건강보험종합계획, 호스피스와 연명의료및 연명의료중단등결정에 관한 종합계획: 5년 ● 지역보건의료계획: 4년 ● 국민영양조사, 지역사회건강실태조사, 국민건강증진종합계획의 실행계획: 1년	● 보건! 종합! 은 5년 ● 4지보계 (4년-지역보건의료계획)

요양급여를 실시하는 기관 의료기관 ● 병원 ● 약국 ● 한국희귀 필수 의약품센터 ● 보건소, 보건지소, 보건의료원 ● 보건진료소: 농어촌 등 보건의료를 위한 특별조치법에 따라 설치	병원/ 약국/ 희귀의약품/ 보보보보
마약류취급자 ● 허가 필요없음: 마약류취급의료업자 (의사, 치과의사, 한의사), 마약류소매업자 (약사, 한약사) ● 식품의약품안전처장/지역식품의약품안전처 허가: 마약류제조업자, 마약류수출입업자, 마약류취급학술연구자, 마약류원료사용자 ● 시/도지사 허가: 마약류도매업자, 마약류관리자 (약사) ● 시/군/구청장 허가: 대마재배자	● 지식의 안전을 주는 "재수학원" 지식의 안전 (지역식품의약품안전처)을 주는 재수학원 (제조, 수출입, 학술, 원료)
담배에 포함된 발암성물질: ● 나프틸아민, 니켈, 비닐 클로라이드, 비소, 카드뮴, 벤젠	나 니 비비 카드로샀다 벤당함
혈액 적격여부 검사 ● 지체 없이 ALT, B형 & C형 간염검사, 매독검사, AIDS (후천성면역결핍증) 검사, HTLV(T림프영양바이러스) 검사	아싸 (ACA) BTS ALT / C형 간염 / AIDS/ B형 간염 / HTLV / Syphilis *AST인지 ALT인지 헷갈릴 때는, 키보드에 있는 ALT 기억하자 *A형간염 아님!

기적의 의대생 암기법

발 행 | 2022년 03월 08일
저 자 | 김윤휘, 신지원, 신지혜, 오서희
펴낸이 | 한건희
펴낸곳 | 주식회사 부크크
출판사등록 | 2014.07.15.(제2014-16호)
주 소 | 서울특별시 금천구 가산디지털1로 119 SK트윈타워 A동 305호
전 화 | 1670-8316
이메일 | info@bookk.co.kr

ISBN | 979-11-372-7640-6

www.bookk.co.kr